喚醒你的英文語感！

Get a Feel for English !

喚醒你的英文語感！

Get a Feel for English !

# 英語面試
# 實戰準備工作書

## gotcha 祕密 制勝策略

作者—慶凱文

貝塔語言出版
Beta Multimedia Publishing

高點 登峰美語系列

# 英語面試的成功之鑰
# 就是個性與自信

　　我還記得自己剛開始從事英語面試的相關企劃跟執行工作時所見過的應徵者，他們穿著相似的正式服裝、挺直著腰桿坐在面試室外的走道上，等輪到自己的時候就好像軍人一樣的走進面試室，態度僵硬地回答著面試官的問題。當時我真的覺得很可惜，也不能理解他們的回答與說詞為什麼都像是同一個模子刻出來的。

　　到現在過了將近十年，我還是覺得大部分應徵者根本搞不清楚英語面試的目的是什麼，很多人還是跟我多年前見到的一樣，回答內容過於類似又簡短，就好像在背稿子一樣，讓我總是出現「如果他知道英語面試的目的，然後稍微改變回應方法會有多好」、「如果他知道回答方法，然後再多練習一下的話，分數一定會更高」的想法。但是當然，我在面試的時候不能提醒應試者並讓他們再試一次，只能給他們不高的分數然後請下一位進來。所以我一直希望能透過書籍或是演講，來告訴大家英語面試的目的到底是什麼、會問些什麼問題，以及應該怎麼準備。

　　就這樣，我決定將過去十年來企劃與執行英語面試時觀察到的重點整理成書，資料主要來自於我思索過的問題，像是：從英語系國家來的面試官會給怎樣的應試者高分，應試者們常犯的錯誤（例如不正確的發音

等等），以及該如何克服這些問題⋯⋯。跟我一起工作過的面試官們也以各自的經驗提供了我不少幫助。我和這些同僚都有將平常寫的內部考評表跟錄音檔案保存起來，所以本書不只是我個人的想法，也有應用到統計學來做整理。另外，我也系統化地整理了一般企業內部英語面試工作坊跟研討會的資料放進書裡。

　　一般來說，聘雇程序的第一關是先看履歷。公司人事會先根據個人履歷選出在才能、具體技術能力、溝通能力、人格特質等方面符合要求的人前來面試，並在用母語面試的時候當面確認應徵者的人格特質與能力。英語面試則稍有不同，看的不僅是人格與能力，大多還包括檢視英語實力。如果應徵者知道這點，就會發現英語面試其實不難。本書就是要明確地指出英語面試的目的，然後教讀者應對的策略與訓練方法，讓大家在實戰中能將自己的英語能力極大化。

　　但是希望讀者不要誤會，我不是要教大家如何耍小聰明或無中生有，那是不負責任的行為，我只是要幫助大家減少不必要的錯誤，讓大家能在短暫的英語面試時間裡盡情發揮原有的英語實力。我相信，只要能熟悉我在實際進行英語面試中發現的祕訣與經驗，並照著書中提出的策略來準備的話，就一定能在面試中得到好成績。祝各位能在付出努力後嚐到勝利的果實！

　　　　　　　　　　　　　　　　　　　　　　　　　慶凱文

本書特色

### 👤 面試專家分享「十年經驗」

　　本書作者是負責過許多大企業、各級機關學校團體英語面試的企劃專家，比任何人都了解面試現場狀況與面試官的偏好。作者以過去十年間的面試記錄資料為基礎，從中檢討並篩選出容易拿到高分的回答、最常犯的錯誤，以及面試官喜歡的應試者態度等祕訣。

### 👤 知己知彼百戰百勝，拆解「面試官的腦部結構」

　　在求職時會需要通過許多關卡，有經驗的求職者會發現每間企業的聘雇程序與形式都不一樣，而其中差異最大的就是英語面試。有些公司的面試官會問到個人背景，有些甚至會問及假設性的"腦筋急轉彎"問題，這種情形一定會讓人覺得無所適從。但是，看來無法預期的英語面試其實都有一些共通點，即是本書將要揭露的祕密，也就是英語面試的目的、公司的內部狀況、面試官對面試的態度，以及面試過程的氣氛。只要掌握住這些祕訣，求職者就可以知道要用怎樣的態度去應對，英語面試也可以變得得心應手。

### 👤 提出可以突顯自我的「七個核心策略」

　　英語面試是聘雇程序，也是聘雇考試的一環，在 PART 2 策略篇中，作者列出了七個可以提高面試勝率的策略，詳盡地敘述構思答案的方法、處理難題的方法以及避免常見失誤的方法。只要能適當地運用這些策略，讀者將會發現自己的英語表達能力超過自己認為的水準，並且能得到面試官的青睞。

## 👤 讓回答變成最適合自己的「實戰準備工具書」

　　本書附冊提供的《實戰準備工具書》分成兩個部分，第一個部分是【想法整理工作表】，裡面整理出十個與「我」相關的主題。英語面試很大一部分會是與個人相關的問題，讀者可以把這個表當作事先準備話題的基礎工程，然後將這些個人訊息結合附冊第二個部分的【策略訓練工作表】，練習用書中學到的策略來回答問題。此外，訓練的時候也可以活用智慧型手機的錄音或錄影功能來檢視自己的表現，從而進行改善。

---

 本書使用法

本書大致上分為祕密篇、策略篇及實戰準備工作書三個部分。

1. 祕密篇：掌握英語面試時的整體氣氛
2. 策略篇：熟練英語面試時可以應用的七個核心策略
3. 實戰準備工作書：有系統地訓練自己使用前述的策略

以上三個部分彼此有緊密關連，只要依照順序從頭讀到尾，就可以不再需要其他任何幫助，在英語面試中輕鬆獲取高分。

目 錄

## PART 2　吸引面試官的 7 個策略

## SPECIAL APPENDIX　實戰準備工作書

# PART 1

## 只有面試官知道的 6 個祕密

面試官也是人，所以第一印象很重要，
他們會喜歡某些回答，也可能已經聽累了某些回答，
若真要說有什麼特點，就是面試官大多是來自英語系國家的人，
所以首先要了解英語系國家的文化。
只要你用面試官的觀點來進行面試，就一定可以勝券在握。

面試官透露的
第一個祕密
——
面試的意圖
Aim

**1**

I didn't fail the test.
I just found 100 ways to do it wrong.

Benjamin Franklin

我的實驗沒有失敗，我發現了 100 個錯誤的方法。
班傑明・富蘭克林

# 英語面試是
# 為了確認英語實力

Nine times out of ten,
it's an English speaking test.

### 其他的大概都知道了……，
### 不知道他的英文程度如何？

如下圖所示，不管是大學入學或是企業徵才，在非英語系國家的英語面試都只是聘雇考試的一個環節，目的都不是在看應試者的人格跟能力，甚至可以說大部分只是用來確認英語能力的對話考試而已。

〈任用要素〉

## ★ 企業的英語面試是在測試英語能力

　　每間公司在招聘新人的時候都會面試，因為光看履歷及自我介紹這些資料基本上是不夠的，一定要面對面談過才會知道應徵者是不是真的適合該職務，也因此面試是招聘過程中不可或缺的一個環節。

　　美國的企業當然也是一樣，招聘新人時先看履歷選出那些符合公司聘雇標準的人，然後在面試時用各種問題確認這些人的個性與能力，面試官滿意的話就會錄取，或是交由再上一級繼續面試，當然，在美國的面試一定是用英文進行。

　　而許多大企業一到公開招募的季節就會舉行大規模的面試，面試時以各樣的問題來確認應徵者的個性與能力，這時應徵者通常只要有條理、有自信地回答就可以，當然，加上一些創意的話會更好。這種面試一般都是用母語來進行，到這裡為止跟美國是沒有不同的。

　　但是有些企業會再加上英語面試，因為在展開全球化的競爭時，員工的英語能力就相對變得非常重要，於是會在原本的招聘程序再加上英語面試來確認應試者的英語能力。而因為原本就有用母語進行的人格與能力面試，英語面試真的就只是在看英語能力而已。

　　很多人聽到「英語面試」就誤會這跟美國人在美國進行的面試是一樣的，甚至拿著美國會出現的常見面試問題來練習，這是很嚴重的誤會，因為其實這些問題在一般的英語面試時出現的機率可能非常低。

## ★ 為什麼不用美國式的面試方法？

　　為什麼我說英語面試時很少出現美國那種會問到人格與能力的問題？很簡單，這種高級問題有多少人答得出來？以經驗來看，100 個裡面大概只有 5~10 個人的英語水準答得出高級問題，所以不能針對這些少數人來設計英語面試。

　　此外，一個公司能用英語提出高級問題的人也不多，更不可能叫這些公司的重要人才放下原本的工作，回到母公司幾天甚至一週來幫忙進行英語面試，對人事部門來說這也會是很難處理的狀況。

　　以上就是英語面試的背景，我想應該跟讀者們的期待有出入，不過了解這樣的背景對各位在準備上來說是很有幫助的。

## ★ 大部分的面試都屬於 Type A

　　下表是英語面試的類型，大致上分為 Type A 與 Type B；隨著問題難易度的不同，Type A 還可以再分為兩種。各位可以先看表格想想自己大概會遇到哪種面試，不過我想基本上應該大部分都是屬於 Type A-1 這種檢測基本英語能力的類型。

英語面試的類型

| 面試目的 | 種類 | 問題難度 | 聘雇企業 | 評分內容 | 特徵 |
|---|---|---|---|---|---|
| 確認<br>英語實力 | Type A-1 | 基礎～中級 | 一般企業<br>大企業 | 用中級英語進行<br>評鑑基本英語能力 | 另外有人格<br>與能力面試 |
| | Type A-2 | 高級 | 國際 MBA<br>外商 | 用高級英語進行<br>評鑑溝通的邏輯與<br>效率 | |
| 確認人格<br>與能力 | Type B* | 高級 | 特殊領域<br>外商 | 與英語國家面試時<br>會問的問題相同<br>評鑑是否擁有圓滑<br>的溝通能力 | 包含人格與<br>能力面試 |

＊一般市面上的書籍與補習班教的大多都是 Type B

　　從上表可以看出，Type A-2 跟 Type A-1 很類似，但是問題難度較高。一般來說，大部分的面試都是 Type A-1，就算會出現 A-2 的問題，也不太可能會是針對只有基礎英語能力的應試者，因為當對象只有基礎英語能力的時候，問這種需要邏輯論述英語實力的問題是不適當的。

　　不過如果是團體面試，就會在公平原則上讓應徵者輪流回答，這時就有可能會出現難度較高的問題，不能像一對一面試時有機會按照應徵者的狀況調整問題難度，只能說不同的面試團隊選擇的進行方式會有不同。

　　那要怎麼準備 Type A-2 的問題呢？只要記住，其實 Type A-2 類型的面試目的跟 Type A-1 一樣，就算面試官問了比 Type A-1 難的問題，他也只是在測試你的英語實力而已，不是想看你的人格與能力，所以只要做好準備跟練習就可以應付，不需要自己嚇自己。

## 只有特定機關會出現 Type B（美國式的面試）

那感覺上不太可能出現的 Type B 面試類型又是怎樣的狀況？很簡單，這種類型是在看應試者的人格與能力，所以水準會跟在英語系國家進行的面試一樣，使用的一定是高級英語。

基本上，只有國際級管理學院與外商會選擇 Type B 這個類型，應試者在準備的時候必須顧及所有 Type A 跟 Type B 可能會出現的問題。不過其實這些外商或國外大學研究所面試時會出現的問題都大同小異。以下是常見的 Type B 類型問題：

| | |
|---|---|
| 成就 | **Tell me about a personal achievement.**<br>請說說看自己有過怎樣的成就。 |
| 教訓 | **Tell me about a lesson you learned.**<br>請說說看你學到過怎樣的教訓。 |
| 解決問題 | **Tell me about a time you overcame a difficulty.**<br>請說說看你克服過怎樣的困難。 |
| 優缺點 | **What are your strengths and weaknesses?**<br>請說說看你有怎樣的優缺點。 |
| 領導能力 | **Tell me about a time you displayed leadership.**<br>請舉一個你發揮過個人領導能力的事例。 |
| 價值觀 | **What matters to you the most?**<br>對你來說什麼最重要？ |
| 目標 | **Where do you see yourself in 5 years?**<br>你覺得五年後你會在做什麼？ |

Type B 的問題大致會限定在以上幾種，因為這些主題就是來自英語系國家的傳統文化觀點和價值觀，目的是要反應出個人特色、領導能力，還有思考方式是否合乎理性。

讀者們可以保持很正面的心態，因為我相信只要大家有耐心的多做練習，就算突然要面對都是 Type B 問題的面試，也可以得到不錯的分數。

## ★ 英語面試沒有所謂正確或是錯誤的答案

應試者通常在面試現場必須聚精會神，畢竟要用英語應對絕對是大意不得，也因此他們都很仔細在聽面試官說的每個字，臉上的表情也非常慎重。如果仔細觀察應試者的表情，似乎都可以看到他們腦子裡出現的想法。

「這個問題的正確答案是什麼啊？」

他們的表情就好像有人在問「1+1=?」的答案一樣，多麼希望這是個數學問題啊，這樣就有客觀的標準答案，跟個人的經驗一點關係也沒有了。

不過英語面試的問題大部分都是極為主觀的，回答也一定會與個人經驗相關。也由於每個人的經歷都不同，因此絕對不會有所謂的正確答案或標準答案，當然也不會有錯誤的答案。所以根本不需要去揣測面試官想聽到怎樣的答案，因為他們根本沒有想要聽的答案。**再強調一次，英語面試的目的大多是在看應試者的英語實力，面試官在意的不是應試者個人經歷，而是你「英語講得好不好」。**

當面試官問六個人 Do you have any hobbies?（你有什麼嗜好？）的時候，會出現六種不同答案是很正常的。第一個應試者說自己沒有嗜好；第二個說偶爾會去爬山；第三個冬天會去玩滑雪板；第四個愛看美劇；第五個說自己嗜好太多難以選擇，硬要選的話就是打毛線；第六個根本可能整個人僵住答不出來。要記住，面試官沒有偏好的答案，只是想要知道應試者英文如何而已，如果硬想擠出所謂的標準答案，只會帶來反效果而已。

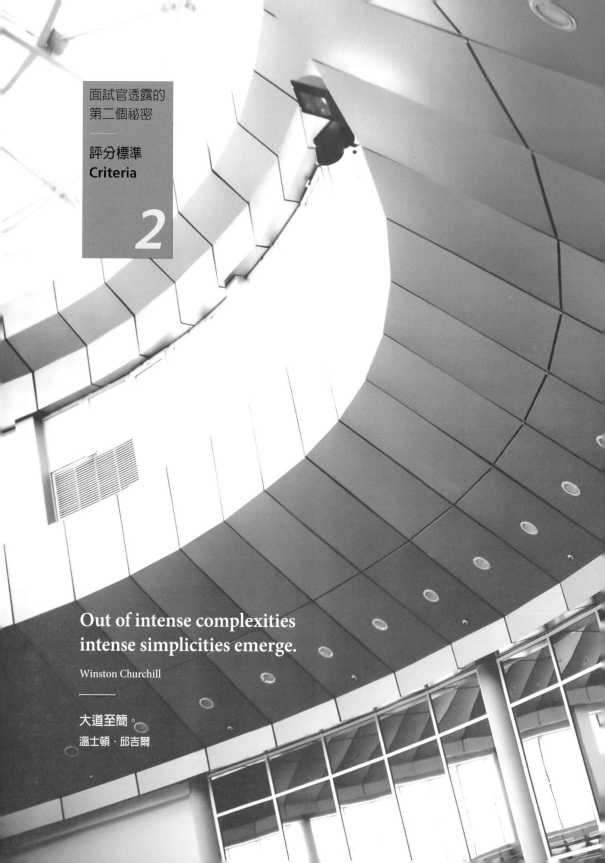

面試官透露的
第二個祕密

——
評分標準
**Criteria**

2

Out of intense complexities
intense simplicities emerge.

Winston Churchill

——

大道至簡。

溫士頓・邱吉爾

# 評分的標準
# 很簡單

The assessment criteria are simple.

## 只是想分辨出誰的英語講得好而已

我說過，英語面試就是英語口語考試，評分標準跟英文考試一樣單純明瞭。許多知名企業的現實就是，即使每個企業規模可能不同，但是公開招聘的時候很可能一次就有上百甚至上千人來應徵。在短時間要面對這麼多應徵者的狀況下，複雜的評分標準只會讓招聘過程變得很沒有效率，還有，像本書前面提到的，英語面試再重要也只是聘雇程序裡的一環而已。

〈英語面試評分相關要素〉

## ★ 評分方式與程度分級很單純

不光是英語面試，只要是評等或是考試，就會有評分範圍、問題類型、評分方式與程度分級等要素，把握好這些要素就能讓你比其他應徵者有利。在前面已經探討過問題的類型，接著就讓我們來看評分方式與分級制度的結構。

### 評分方式 Scoring Methodology

評分方式一般可以分成兩種，第一種是每個問題都評分。舉例來說，面試官問自我介紹、照片說明及未來計劃這三個問題，應試者每回答一個問題之後就打一個分數，最後的平均分數就是這名應試者的英語面試分數。

### 每個問題都評分的方式

| 問題類型 | 分數 (1~5) |
|---|---|
| 自我介紹 | 4 |
| 照片說明 | 3 |
| 未來計劃 | 2 |
| 最後分數（3 個問題的平均分） | (4+3+2) / 3 |

第二種方式是用理解力 (comprehension)、流暢度 (fluency) 和字彙運用 (vocabulary) 等類別來評分，這算是比較細部化的系統。這種方式有可能是每個問題結束後都評分，但是為了簡化程序，大部分都是結束全部的問答之後再按類別評分，或是綜合考量整體表現之後做出評分。

### 按類別評分的方式

| 評分類別 | 分數 |
|---|---|
| Comprehension 理解力 | 4 |
| Fluency 流暢性 | 4 |
| Grammar 文法 | 3 |
| Structure 結構 | 4 |
| Language 語言 | 3 |

## 程度分級 Rating System

　　程度分級也大致可以分爲兩種，第一種方式是把程度分成 4~5 級，然後用數字 (1~5) 或字母 (A,B,C,D,E) 來標示。當遇到英語表達能力跟母語一樣好的人時，就再加上比 A 更好的 A+ 或是 Superior（最高級）這些等級。

### 5 種程度的分級方式

| 1 | 2 | 3 | 4 | 5 |
|---|---|---|---|---|
| Poor<br>很差 | Below Average<br>低於平均 | Average<br>平均 | (Very) Good<br>很好 | Excellent<br>非常好 |
| F | D | C | B | A |

　　第二種方式是把程度分成 3 個或 9 個等級，也就是常見的初級 (Basic)、中級 (Intermediate)、高級 (Advanced)，或是再各自細分 3 個等級變成共 9 個等級。例如下表中的 Mid-intermediate 即表示在中級裡居於中間水準的意思。一般來說如果是這種分級方式，大部分都會採取再細分成 9 種程度的作法。

## 3 種／9 種程度的分級方式

| 1 | 2 | 3 | 4 | 5 | 6 | 7 | 8 | 9 |
|---|---|---|---|---|---|---|---|---|
| Basic 初級 | | | Intermediate 中級 | | | Advanced 高級 | | |
| Low | Mid | High | Low | Mid | High | Low | Mid | High |

## ★ 每個公司用來評價英語能力的類別都大同小異

接下來具體說明一下剛剛提到的評分類別。企業人事部門、招聘顧問公司與專門的招聘機關用來評價英語能力的基準與類別可能會有差異，不過大部分的基準都是很類似或是互相重複的，以下就是一般常見的評分類別。

### 理解力 Comprehension

面試是由問答組成的，應試者首先要聽懂問題才能回答。所以一般企業一定會把「問題理解力」放入評分的類別裡，畢竟理解力就是在評斷你的英聽能力。

### 流暢性 Fluency

英語一定是先講求流暢再求正確，然而在亞洲國家特別喜歡強調正確性。試想，對英語不熟練的人想用正確的文法說出完整的句子已經很難了，所以怎麼可能一開始就要求完美？一般人在放鬆心情的狀態下練習時，的確可以較仔細注意自己的文法、字彙和發音，但是在模擬面試或跟外國人說話的時候不太可能做到這些。

我們的大腦就像一個分成不同區塊的倉庫。從現代語言學的觀點來看，語言學習這個區塊在累積物品時並不是規律整齊的，而是抓到什麼就先往倉庫裡丟，然後隨時盤點和整理；原有的東西出去，新的東西再

持續丟進來混入庫存裡，然後再進行盤點跟整理。如此反覆進行一段時間之後庫存才會慢慢地稍微變整齊，在腦子裡形成語言體系。

語言這個倉庫永遠不會有變整齊的一天，一定隨時有東西在進出，就像沒有人敢保證自己說出來的母語是最完美的，也沒有一個英語系國家的人敢說自己使用的是最完美的英語。

因此不要執著在正確性上，要注意的是流暢性，稍微有一些文法錯誤無傷大雅，一時講不出最適合的單字也沒有關係。本書 Secret 5 會提到「英語面試就是對話」，面試就是面試官跟應試者在對話，而對話的重點就是不要中斷。如果一直想要完整的講出主詞、動詞和受詞，流暢性就會降低，對話就會中斷。

大部分的企業跟機關都很重視應試者回答的流暢性，就算他們的定義不是「流暢性」這三個字，說話的流暢與否都會影響評分。要記住，流暢度對面試官來說，就是「不吞吐、不遲疑」。

## 發音與清晰度 Pronunciation, Clarity

很多人一聽到「發音」就想到要捲舌，以為只要捲舌發音聽起來就會像老外，事實並非如此。捲不捲舌不是重點，重點是面試官聽不聽得懂，有時候捲舌過頭了面試官反而會聽不懂。英語面試的目的是確定英語溝通能力，所以比起捲舌，更需要注意的是重音 (stress)、語調 (intonation) 跟節奏 (rhythm)。

## 字彙、語言、關聯性 Vocabulary, Language, Relevancy

Type A 的面試裡重視的是你用的單字跟敘述的主題情境有沒有關係，不是在看你的「字彙能力」。回答問題時用的單字即使再高級，只要與情境主題不合，面試官就會覺得你的英語實力不夠，所以按照思緒來選擇

單字是很重要的，許多人使用英語單字的問題就是常與思緒脈絡沒有關連性。

英語面試的時候最好只用自己很熟悉的單字與表現方法，不要用只有在書上看過、沒聽人家用過的單字。另外，如果用英語系國家的人都覺得艱澀的單字，結果發音不標準的話，反而會降低在流暢性方面的給分。

## 文法 Grammar

這裡說的文法不是連外國人都會搞混的高級文法，是指詞性、時態、人稱代名詞等英文裡最基本也最核心的文法。只要熟記這些基本文法，英語面試的時候就不會有問題。

## 結構與細節 Structure and Detail

這是在評鑑應試者的回答有沒有重點、補充的具體說明有沒有好好呼應重點，以及句子前後的邏輯有沒有一致，簡單說就是在看應試者回答時會不會脫離核心。

## 對話主題的多樣性 Range of Topics

這是在評鑑應試者有沒有辦法流暢的說明自己不熟悉的主題。其實只有一部分公司與機關會把這個類別單獨拉出來評分，但是很多面試官會不自覺的把這個納入評分考量。

面試官透露的
第三個祕密
—
**價值觀**
**Values**

*3*

Like attracts like.

A popular saying.

—

物以類聚
俗語

# 偏好
# 西式風格

They want you to act like them.

## 這個應試者真積極，我很欣賞他

會在英語面試中給面試官好感的應試者都有一定的特質。首先內在大多
很有主見和個性、自我評價高；而外在始終面帶微笑、表情充滿期待、
聲音充滿自信的同時，對於對方的意見會給予正面回應。有這樣態度的
人不只在英語面試上，在一般面試中也極具優勢，所以對應徵者來說是
很重要的條件。

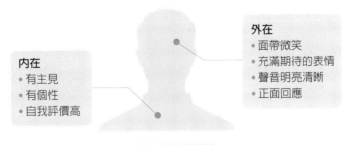

內在
- 有主見
- 有個性
- 自我評價高

外在
- 面帶微笑
- 充滿期待的表情
- 聲音明亮清晰
- 正面回應

〈面試官偏好的特徵〉

## ★ 面試官會被跟自己相似的人吸引

　　人通常容易被與自己相似的人所吸引！不管是內在的思考方式和價值觀，或是外貌、行動、嗜好這些外在因素，當發現某人跟自己很類似的時候就會產生親切感，也可以肯定自己的存在感。這是人的本性，是不受國籍、文化、年齡與性別影響的。

　　應試者常常忽略的是，面試官也是人，所以會偏好跟自己有共通點的人。當遇到欣賞的應試者時，面試官常常會態度更為友善，甚至是不自覺地給予更好的分數，這一點不只是沒經驗的面試官，就算是很老練的面試官也難以避免。所以結論就是「要跟這些人看起來很相似」！


## ★ 要跟西方人一樣友善

　　首先表情跟行動要像西方人，具體來說就是要像西方人一樣表現出「友善」的一面。什麼叫做「友善」？西方人從小就生活在一個偏好善良、外向積極的文化裡，跟喜歡文雅莊重的東方人不太一樣，所以在第一印象很重要的英語面試中，一定要面帶微笑與面試官四目相接，最好是從走進面試室坐下開始就自然地看著面試官的眼睛。一對一面試的時候面試官大多會先伸出手來與應試者握手，團體面試的話應試者最好先說 Hi 或 Hello。

　　還有，面試過程中臉上要一直帶著「我好開心能來到這裡，我也好高興見到你」的微笑跟期待的表情，當然了，表現一定要很自然，不然容易看起來油腔滑調，最好是那種帶點好奇心，眉毛稍微有點往上的表情。對許多東方人來說，要一直維持著充滿期待的表情可不是普通的難，何況不是在服務業工作的人，如果常帶著這種表情和微笑的話，很容易讓人感覺輕浮或虛偽。

這就是文化差異。在美國長大的人很少面無表情，他們通常臉上看起來都充滿期待，而我們要讓面試官看到的就是這種表情再加上有自信的談吐，只要能以這種態度從容應對，應試者通常會發現面試官臉上很快會出現跟你一樣的表情。

另外反應也很重要，面試官說話的時候要給予他一些正面的回應，也就是要用表情和肢體語言讓面試官知道你聽懂並且同意他的話。簡單來說就像約會時你希望給對方好感的時候會用的態度。面試官也都有過面試的經驗，所以會欣賞努力表現的應試者。

以上提到的這些不只在英語面試時有用，在那些運用母語進行的人格能力面試中也很重視這些非語言表現的要素。

## ★ 西方人在午飯時間也是會點乾烹雞

我在某大型補習班負責一個半年計劃的時候發生過一件事，某天和幾個同事一起去中國餐廳吃飯，大部分的人都點炸醬麵，可是有一個人點了乾烹雞，而且不是要跟大家分食，是他自己一個人要吃的。那是一個在韓國住了幾年的二十幾歲美國人，平常就比較固執己見。一起吃飯的幾個同事意味深長地看了一下手錶，餐廳老闆娘也跟他說「可能會有點久喔」，不過他也只是很親切地微笑著回答 No problem。

在東方文化的共同生活概念中這種行為可能會討人厭，但是其實這種行為並不會帶來問題，畢竟那是他自己的時間跟自己的錢。當然西方文化中也很重視所謂的「團隊合作」，只是概念有些不同，我們欣賞會跟大家點一樣餐點的人，但是西方文化認為在餐廳裡用私人時間吃自己想吃的餐點是個人的自由。沒有人會在這種狀況下講什麼「團隊精神」，做好自己的事並且友善地協助同僚就好了，點菜的時候看人家臉色的行為反

而會被視爲沒有主見。

　　所以在由西方人進行的英語面試中，不要當一個點炸醬麵的人，要當一個會點乾烹雞來吃的人。要看起來很有主見 (independent thinking)，讓自己與眾不同 (differentiate)，這也是之後 Strategy 4〈展現自己的獨一無二〉裡面會提到的獨特性 (uniqueness)。總之，西方人的文化跟思考方式與我們不同，所以在進入面試室之前，要用西方人的思考方式將自己武裝起來才能居於優勢。


## ★ 面試的時候要變成西方人

　　文化是語言裡很重要的一部分，要對風俗、想法、假期、休閒嗜好、電影、飲食等這些文化具有一定的了解，語言才算眞的能溝通。當然文化這種東西並不是那麼好掌握的。

　　以韓國爲例，對許多住在韓國的西方人來說，當地文化也不是那麼好掌握的，他們也是爲了能融入他鄉生活而不得不努力去了解。實際上有不少西方人非常適應韓國生活，每次看到愛吃泡菜湯的西方人我都會覺得新奇，那些筷子用得很好、輕易就可以夾起小菜的在我眼中更是神奇，也有很多人會使用拼音正確的韓文寫字，會唱 KPOP 流行歌曲，甚至連韓文的敬語都用得很自然。這些人都是很自主性的在配合並融入當地文化，但是他們的生活也不會跟英語距離太遠，他們大多住在外國人很多的梨泰院等地，從事的工作也大多與英語有關。

　　重點是，這些英文母語人士就是英語面試的面試官。即使這些面試官人在異國，但在英語面試的時候，既然是要檢視大家的英語能力，他們還是會期待應試者在那短暫的面試時間裡拋棄自己文化的傳統，去配合西方國家的文化。

英語面試時間真的很短，如果能在那短暫時間當中讓面試官覺得你了解他們的文化，你就能讓他留下好印象。這種應試者很少見，所以更能讓面試官有親切感，進而被他們欣賞。總而言之，面試時只要用前述「友善的」西式風格跟常用的英語表現方式，再加上一些對他們文化的了解，必能在流暢性 (fluency) 與語言 (language) 評分項目中得到不錯的評價。

## ★ 文化就是英語面試策略的核心

文化對整體評分有很大的影響，所以本書 PART 2 策略篇所提到的「七項策略」全部都是在反應文化，也就是西方人的思考方式、觀點和價值觀。回答的結構、強調、澄清、表現個性、開場與總結、語言與非語言要素等策略也全部都是文化的展現。文化絕對是「英語面試」中不可忽視的核心價值。

面試官透露的
第四個祕密

比較
Comparison

4

Try, try, try, and keep on trying is
the rule that must be followed
to become an expert in anything.

W. Clement Stone

嘗試、嘗試、嘗試，持續不斷的嘗試
就是不管在任何領域要成為專家必須遵守的規則。
W. 克萊門特史東（自我開發作家，業務）

# 面試
# 是比較過程的延續
You're constantly being compared to others.

## 很容易就可以看出誰的英語比較好

在進行英語面試時，即使評分基準很有系統，但除了語言學專家外，一般面試官多會把焦點放在自己重視的要素和類別上，因為他們都是根據自己的經驗，在腦中建立出一套判斷應試者英文程度的標準。畢竟應試者不是只有一個人，面試官對每個人的英語評價都會是在各個要素「比較」之後的結果。下面是幾個會變成比較要素的點：

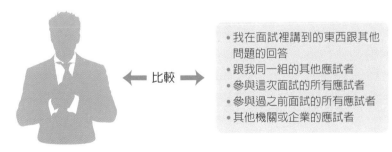

- 我在面試裡講到的東西跟其他問題的回答
- 跟我同一組的其他應試者
- 參與這次面試的所有應試者
- 參與過之前面試的所有應試者
- 其他機關或企業的應試者

比較

〈面試官會做比較的要素〉

## ★ 大部分面試官都是從事與英語相關的工作

　　大部分的面試官在學校念的都不是語言相關科系。我在現場見過的面試官背景很多樣，雖然的確有人是英文系或教育系畢業，但也有人是美術、音樂、哲學系，或是物理、工程等理工科系畢業的。每個人的最高學歷也很不同，有學士有碩士，偶爾也會見到博士。

　　但是就算不是語言學背景的面試官，他們也多是從事著跟英語相關的工作，大部分是現任的英語講師，或是曾經在補習班、研修中心或是大學裡有過教學經驗的人，對英語能力都可以做判斷。

　　這些人在補習班教過的學生大部分都是初級程度，就算在大學也一樣，他們主要教授的是英語必修課，所以大多數學生也都只有基礎英語能力。面試官很清楚知道這個事實，所以只要有應試者稍微優秀一點就會很突出，英文裡有 Sit up and take notice 這句話，面試官馬上就會坐直然後專注在這樣的面試者身上。

　　「什麼啊……，我英文只有初級程度而已耶！」

　　各位讀者的心裡可能會這樣想，況且要讓英語能力出類拔萃也不是一兩天就能辦到的事。但是我一直在強調，在面試中你只要能突顯自己跟別人不一樣就可以，所以只要能熟練本書策略篇裡提到的幾個策略，並且確實地應用在面試裡，就不難引起面試官的注意，也更有機會獲得較高分數。


## ★ 面試官有自己認定的好英語

　　在使用自己的母語時，每個人都可以發揮得很自在，即使不熟悉語言學，也可以分辨誰講得好。同樣的，這些英語系國家的人也都有能力判

斷別人的英語說得好不好。

面試官即使不是語言學專家也有各自的評斷基準。如果他們在有體制的公司工作，就會用具體且有一致性的標準來作判斷。但是若遇到的是沒有標準可依循的臨時面試官該怎麼辦？最糟的狀況是他們可能沒有英語教學經驗，甚至是第一次幫人面試，因此就有可能在評分的時候毫無標準，只憑自己的喜好在評分，這個時候應試者的運氣就很重要了。

不過這種不穩定的因素還是有辦法克服的。畢竟英語就是英語，只要對話能讓面試官感到舒服就可以期待高分，那些所謂的評分要素只是學術基準跟類別而已。就像本書前面提過的，不是只有發音、字彙跟文法會左右英語面試的成功與否，只要能好好傳達會給面試官留下好印象的其他幾個要素，就可以說是成功的英語溝通。

## ★「比較」是所有評分的核心重點

不管是怎樣的面試官都是按照評分標準在比較眼前的應試者。如同前面提及的，大部分的面試官都不是語言學專家，甚至有些面試官根本沒有面試經驗，所以唯一的共通點就是他們都是「將應試者做比較」之後給出評分。下面是很普遍的比較機制：

第一個應試者答完之後，面試官就會判別他的英語能力然後用數字或是英文字母來給分，這時就是 Secret 2〈評分的標準很簡單〉中說的，按問題類型跟評分類別來給一個平均分數。如果是很簡短的面試，面試官就會看整體表現只給一個分數。

接下來面試官就會準備修改分數，因為第一個分數只是臨時的，應試者一開始講出來的幾句話其實只是無根據也不充足的「資料」而已。另

外一個應試者的回答、甚至是同一個應試者接下來的回答都可能會改變初始分數。「比較」開始出現了。這個過程會在應試者說完最後一個字之前，在面試官腦中反覆進行。

〈面試官腦中出現的比較過程〉

就像這樣，即使沒有明說，「比較」也是評分的基本方法，雖然有評分基準跟評分類別，但是再老練、再有能力的面試官也不例外。如果是團體面試，比較的對象會包括同一組面試的人跟同一時期的應試者。這個比較過程是從撰寫要給人事部的評分表開始，一直到確定最終的分數為止。人事部會希望面試官做這樣的比較嗎？那還用說，不是希望，是當然一定要！招聘這件事從最初的文書審核開始就是一連串的比較過程。比較就是「競爭」，在這樣的競爭當中，誰能得到領先的分數，就是左右英語面試勝敗的關鍵。

# NOTES

面試官透露的
第五個祕密

進行方式
**Methodology**

*5*

A conversation is a dialogue,
not a monologue.

Truman Capote

對話是「交談」，不是「獨白」。

楚門・卡波提

# 英語面試
# 就是對話

It's a conversation.

## 這個應試者蠻能溝通的

英語面試是用英語進行的面試,所以英語能力很重要,但是比起語言能力,一定要記住「面試就是在對話」。在本書後面策略篇中會再詳細說明,但是在此先舉幾個會妨礙溝通順暢度的錯誤回答「風格」。

iBT/CBT 風格　　簡報風格　　稻草人風格　　軍隊報告風格　　嫌疑犯風格

〈妨礙對話的回答風格〉

## ★ 製造對話的假象

英語面試就是在「對話」，聽到這句話讀者心裡一定會這樣想：

「對話？一對一面試才有可能吧，團體面試要怎麼對話？這樣不是會變成面試官問問題然後應試者自己在那邊演……」

這個疑問不是沒有道理，只是無論如何都要把面試變成對話，至少要「假裝」在對話，用自然的氣氛、聲音、語調、手勢、身體語言等要素讓面試官感覺你是從容地在和他對話。

講白一點，就是要製造出在對話的「假象」，這其實是一種與面試官之間不言而喻的默契，而且這個假象不是指面試前的自我催眠，而是整個面試過程都要維持著。這個假象一旦破滅，英語面試就會淪為生硬無比的口語考試，這也不是面試官想要的結果，因為比起面試，對話是更有趣的，實際上也更能了解應試者的人格特質。所以為了避免不自覺去破壞對話的假象，以下是幾個一定要避免的回答風格：

## ★ 英語面試不是「審問」

看 CSI（犯罪現場）跟 NCIS（重返犯罪現場）這種犯罪搜查連續劇一定會出現一個場面，就是嫌犯在被審問時不斷地主張自己的清白，直到罪證確鑿才會認罪。

應試者的確有可能覺得面試是在被審問，但是這種「嫌犯風格」在面試現場是絕對禁止出現的。應試者不是在被審問，面試官也不是鑑識官。也就是說面試官不是在等著抓應試者的小辮子，然後得意洋洋地說「看吧，你犯錯了！」。

這種聲音緊張的「嫌犯風格」跟 Secret 3〈偏好西式風格〉的距離天差地遠，而且會讓面試官感到壓力，面試現場的壓力是會傳染的，這種狀況絕對帶不出好氣氛。

在這種氣氛當中，應試者別說能否用事前準備好的內容好好回應，大概會變得更加惜字如金，在連話都說不好的狀況下分數自然不可能會好。這是應試者自己造成的狀況，而且是沒有人樂見的狀況。面試官也是，沒有人會希望在工作的時候感受到太多壓力吧？

## ★ 英語面試現場不是「軍隊」

還有一些跟嫌犯風格很像的變形，首先是「稻草人風格」，與過於緊張的嫌犯風格差別在於面部沒有表情及聲音毫無感情，這種風格也絕對會是大扣分。

另外一種要注意的是「軍隊報告風格」，是指用僵硬的姿態和過於用力的聲音在回答問題，就像在軍中回答長官一樣。這類應試者在回答時大多只有 yes 或 no 幾個字，如果人事部希望的是這種回答，根本就不必面試，只要發幾張英文考卷不就好了？因此這種風格在一般面試裡也不受歡迎。

總括來說，嫌犯風格是太過緊張；稻草人風格是毫無感情；軍隊報告風格的特徵則是聲音太過宏亮，要注意，面試現場並不是軍隊。

## ★ 英語面試不是 iBT

一般英語能力檢測的口說測驗大多是像 iBT (internet-based test) 或是

CBT (computer-based test) 這種戴著耳機對著螢幕講話的考試方式，對求職的應試者來說，這跟必須與面試官直接對話的英語面試方式是很不相同的。

應試者進面試室的時候都可以馬上看著面試官的臉，大部分也會很自然地跟面試官目光交會，畢竟這也是一般面試的重點。問題是某些應試者會以像是在背答案般的獨白方式來與面試官應對，絲毫找不出一般對話的語氣、語調跟節奏，這樣怎能製造出對話的假象呢？更何況面試跟 iBT 或 CBT 不同，很可能會隨性的出現一些考驗臨場反應的問題，常有應試者遇到這種狀況就手足無措，等到發現重點是要對話的時候已經來不及了。

## ★ 英語面試不是在「做簡報」

在一般面試裡一定有些應試者是這樣開始回答：

「我先為各位說明一下……」

對一些人事部負責人來說，這種開始話題前先給信號的方式，在一般面試裡是不錯的方法，不過英語面試則不然，為什麼要先給信號？這不是在重複問題而已嗎？有些應試者會覺得這是「我要回答的主題的緒論，就像英文文章裡要有緒論、本論和結論一樣」。當然，在文章或簡報裡使用英語溝通基本結構是很好的，但是英語面試則不然。

要給信號可以有許多方式，不需要用重複問題這種破壞假象的方式。有一種稍微好一點，就是 first, second, third 這種說明順序的信號，不過在英語面試時聽起來也會顯得生硬、奇怪，畢竟跟熟人對話的時候誰會

用「第一」、「第二」、「第三」這種方式？在本書策略篇裡會有更詳細的說明。

這種簡報風格只會造成不必要的隔閡，把應試者變發表人、把面試官變成聽眾。要記住英語面試不是在做簡報，是在對話。

## ★ 面試官想要的是對話

要避免任何會造成對話中斷的語氣或行動，不能讓順暢的溝通出現障礙物。溝通就是在分享情感跟觀點，只要有做到良好的溝通，即表示應試者在語言及非語言表現上適當的回答了面試官的問題，也就可以期待好的分數。

前面有提到過，把面試當作約會就好。就像在約會一樣把注意力放在對方身上，用對話跟手勢來得到對方的好感。平常話不多的人在約會的時候也是會使出渾身解數表現自己不是嗎？

我再強調一次，面試官的任務其實就是要跟來應徵的人對話。只要能讓他們開心，得到的分數就一定會高，所以拜託一定要好好的對話。

誘發興趣
**Boredom**

6

Boredom is nothing but
the experience of a paralysis of
our productive powers.

Erich Fromm

無聊、厭煩只是我們生產力
麻痺的一種經驗。

埃里希弗洛姆（社會心理學創始者）

# 面試官
# 也會無聊
Interviewers are bored out of their minds.

## 唉……沒有特別一點的人嗎？

一般用母語撰寫的履歷跟英文履歷 (resume) 很不同，用母語進行的面試
與英語面試也不一樣。在英語面試時若用制式的回答方式來應對，只會
讓面試官更無聊而已。

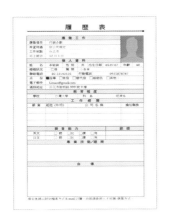  

〈中文履歷與英文履歷〉

## ★ 面試過程對面試官來說是不斷出現的厭倦感

請各位想像一下自己是英語面試的面試官。

現在是大企業公開招聘的季節。你已經好幾天不得休息，聽著應試者言不及義的回答內容，而且還要豎直耳朵集中注意力，畢竟旁邊很多人在看，所以要盡量放鬆自己皺起的眉頭。但是還是覺得很無聊！

這份工作不是普通的困難。對面坐著的應試者緊張到全身僵硬，負責問問題的面試官問到口乾舌燥，負責記錄的面試官寫到手腕痠痛。有時候應試者像在背答案，聽起來索然無味，若是問題不太夠、冷場的話還得多加幾個問題，當然如果應試者的英語只有入門程度就不用了。當一個應試者回答太長時，要很親切地打斷他讓下一個應試者繼續。就這樣，面試官的力氣漸漸消耗殆盡，但是還不能大意，因為眼前這個人對面試官來說只是無數應試者中的一人，不過對應試者來說這可是無比重要的瞬間，所以絕對要提醒自己振作精神。這個過程是相當疲倦又無趣的，癮君子應該滿腦子都是香菸，肚子也比平常餓得更快。

以上描述的情境可說是大部分面試官的心情寫照，請大家幫面試官一個忙，給他們看一些有吸引力、值得關注的表現，讓他們開心一點吧！

## ★ 應試者不會無聊

在應試者的立場來看，英語面試真的很短暫。

如果是團體面試，每個人大概只有 5 分鐘左右的時間，一對一面試當然會長一些，不過也幾乎是一眨眼就過去了。

應試者覺得很短暫的英語面試，對面試官來說只是漫長一天的一小部分，加上大家好像是同一個補習班出來的，回答都大同小異。就算偶爾出現一個英語很強的應試者給大家打了一劑強心針，效果也是很短暫的。

所以應試者要考慮面試官的這種狀況，盡量展現自己獨特的一面，不然在清一色著正裝的應試者當中，你可能會因為領帶顏色或是髮型不同而在他們心中留下模糊印象，甚至無法留下任何印象，只是 3B-07-03（第三天、B 面試室、第七組的第三號）而已。

　　不是要各位開玩笑或是講一些愚蠢的話，這樣反而會讓面試官因為聽不懂而睜大眼睛皺起眉頭。讓自己不一樣的方法是要激發面試官的興趣，讓面試官對你產生好奇心。

## ★ 回答方式要跟英文履歷一樣的積極

　　我從美國回去韓國這些年來，韓文履歷除了當補充資料外從沒有用過，當然，那也是因為我一直從事跟英語相關的工作，根本沒有必要準備韓文履歷，但是我會在此提出來的原因是，我想用一般母語履歷與英文履歷的不同來比喻英語面試。

　　在有限的時間裡，用生硬的履歷式風格來介紹自己，只會讓面試官覺得無聊。畢竟那只是在誦讀姓名、居住地這些個人資訊和獲獎經歷、語言能力、遊學旅行這些特別事項的資料而已，這種回答了不起讓你比坐在一起應試的人看起來優秀一些，也就是常見的，能讓自己多一些優越感的「條件規格」。

　　順帶一提，「條件規格 (spec)」就是用來定義「機器或建築物明細的規格書 (specification)」的簡略語。回到主題，大家都知道面試跟履歷的不同之處在於一個是說話一個是寫文章，不過這裡要提醒的差異點並不是這個。

　　一般母語履歷講的是「條件規格」，英文履歷則是在講「故事」。英

文履歷連出生年月日這些基本資料都會省略，而且形式不斷地在進化中。如果說一般母語履歷是「文件」，近期的英文履歷就已經接近於「PR（行銷）」工具了。所以，面試官並不想聽到囉唆的羅列式回答，舉例來說，問到嗜好的時候：

**Do you have any hobbies?**
你有什麼嗜好嗎？

我們平常習慣的回應句型會是用 My hobby is ... 開始，後面接名詞或動名詞。

**My hobby is reading. I read every day. I read one book a month.**
我的嗜好是讀書。我每天都會讀書。我每個月會讀一本書。

這就是所謂的羅列式回答，也就是滿足於一個很安全的答案。（其實西方國家的人不太會把讀書這件事視爲「嗜好」）
接著用英文履歷的方式來回答看看。

**I sure do!**
我當然有！

很積極的答案，從一開始就很西式，接著繼續回答。

**I really love collecting comic books.**
我很喜歡收集漫畫。

西方人一聽馬上就會覺得這個回答很好，因爲這個應試者用了 love 這個字眼。一般初學者只會把 love 用來表達「愛」，但英語中 love 也可

以用來形容「很喜歡」，所以當然能用這個字來表達「嗜好」。總之，面試官聽到這樣的回答會感到很滿足，這個應試者很有希望能夠脫穎而出。

## ★ 用故事來喚醒面試官沉睡的大腦

我們看到綜藝節目中的藝人在講一些特別事件的時候會覺得很有趣，因為這些藝人的職業就是要讓人開心。意外的是，我們也喜歡聽一些素人上節目分享他們的平凡故事。為什麼呢？因為那是最真實的故事，不是導演或作家編出來的，所以更容易引人入勝。

人很容易和與自己相似的人產生共鳴，透過間接體驗他人的經歷感受到樂趣。這種對他人日常生活感到好奇的心態是超越國界的，我們在看到歐洲、美國、其他亞洲國家、非洲國家這些陌生國度人們的生活時，不是也會覺得有趣嗎？發現相似部分時會開心，發現相異部分時會感到新奇。

面試官在面試的時候也會有這樣的感覺，只不過不是透過電視，而是直接看到應試者、直接聽到應試者的聲音。

不過我不是要各位故意編造一些誇張或不像話的事件來誘發興趣。所謂的故事，是真實的敘述自己發生過的事或是自己真心期望的事。

就算自己獨有的故事很微小、很短暫，只要能在面試官腦中描繪出一些畫面，大致上都會得到不錯的分數。因為透過這樣的相互交流已經達到了溝通的目的。

下表將本書前面提過的六個英文面試祕密做個總整理。

## 英語面試六個祕密所認定的成功面試

| | | |
|---|---|---|
| 面試的目的 | 為什麼要有英語面試？ | **Secret 1**<br>目的就是看英語實力 |
| 評分標準 | 分數是怎麼給的？ | **Secret 2**<br>為了分辨出英語好的人，評分基準很單純 |
| 價值觀 | 面試官是怎樣的人？ | **Secret 3**<br>使用英文並且熟悉英語國家文化的人，偏好西式風格 |
| 比較 | 面試給分的核心是什麼？ | **Secret 4**<br>不斷的進行比較 |
| 進行方式 | 成功面試的基準是？ | **Secret 5**<br>應試者跟面試官都覺得彼此是在對話 |
| 誘發興趣 | 面試官在想什麼？ | **Secret 6**<br>期待應試者能帶來有趣的故事減少他們的無聊 |

　　除了外商、部分國外航空公司和申請國外學校之外，一般企業的英語面試都只是在看英語能力，因為評分基準很固定、很單純，所以某種程度上都可以事先掌握。此外，面試官大多是來自英語系國家或能說出道地英語的人，所以了解英語系國家文化的應試者一定較為有利。且由於這些面試官幾乎都不是語言學專家，他們更會認為英語面試是跟應試者「對話」。再加上面試官一坐就是好幾個小時，難免會覺得英語面試無聊又累人，所以他們會喜歡聽故事，那就講故事給他們聽吧！面試官們在結束一天的面試後彼此開聊時，從應試者那裡聽來的故事一定會變成聊天話題，故事的力量就是這麼驚人。

# 面試官常用的評語
## Good or Bad

祕密紅利

　　英語面試時面試官通常會是兩人一組，其中一人發問，另一人聽了答案之後進行給分。也有些公司會是一個面試官同時負責這兩個角色，不過大部分都會是兩人一組。負責給分的面試官會在面試過程中把分數記在 Secret 2 中提到的「項目評分表」裡，有時也會加上一些簡短的評語。

　　有趣的是，我這十幾年來在英語面試現場看過面試官寫的評語，基本上都可以壓縮成幾種表現方法。面試官們並沒有公開界定哪類型評語是正面 (good aspects)、哪類型評語是負面 (bad aspects)，但是只要看他們的評語就可以知道這個應試者回答時的表現如何。反過來說，只要應試者按照這裡提到的正面評語來做，就可以期待得到高分

　　舉例來說，在正面的評語中有 confident，反面的評語中有 nervous，這些都是反映面試官主觀感覺的評語。像 Secret 2 中提到的，自信和緊張與否其實是很難數字化的要素，卻很常以這樣的形式出現在評分表上。

**正面的評語**

1. direct answer ← 直接正面的回答

2. on topic ← 跟主題有關係

3. asked for clarification ← 有要求確認問題

4. no hesitation ← 不猶豫

5. good details ← 很詳細

6. confident ← 有白信

7. smooth (fluid) ← 很流暢

**負面的評語**

1. sounds rehearsed (sounds memorized) ← 像在背稿子

2. meanders ← 回答漸漸偏離主題

3. long pauses (lots of hesitation) ← 停太久（太猶豫）

4. indirect answer ← 回答拐彎抹角

5. nervous ← 太緊張

6. Chinglish ← 中式英文

7. answered the wrong question ← 答非所問

# PART 2

## 吸引面試官的 7 個策略

這裡有讓英語面試成功的策略，
只要再加上適當的用語及反覆訓練即可。
就算面試時緊張到忘了所有策略也不要慌張，
策略的核心就是用你的故事把面試變成對話，
還有就是記住形容詞、縮寫跟連接詞五兄弟，
這三項會幫助你順利進行對話。

面試官透露的
第一個策略

結構
Structure

1

We think in generalities,
but we live in detail.

Alfred North Whitehead

我們泛泛地思考，
卻在細節中生活。

阿爾弗雷德・諾斯・懷海德
（英國數學家）

# 先講重點
# 然後舉證
Answer directly, then prove it in detail.

## 英語中的第一句話就是核心

如下圖所示，華語式的表達結構與英語式的表達結構是完全相反的，前者是先說明根據再做結論，後者則是先提出結論再舉出理由，兩者在基本結構上就不同。

〈語言表達結構的差異〉

「華人講的話要聽到最後才行！」

有時被當作玩笑話的這句話其實是有緣由的。大部分東方人都一樣，不太喜歡有話直說，講的人常會考慮到對方的心情而拐彎抹角，聽的人則要自己想辦法抓重點，所以常常要聽到最後才會知道對方想講什麼。

這種表達方式的順序是「有 A-1，有 A-2，有 A-3，所以結論是 A」，先列出原因再導出結論，也就是所謂的因果關係 (cause and effect)。西方人當然也會用這種說話方式，只是大多用來傳達不好的消息。

先看看下面這個遲交報告書的職員與上司的對話。

**Boss: So where's that report?** 報告呢？

**Staff: Um, you know I was on that business trip all last week, right?**
你知道我上週都在出差對吧？

**Boss: Yeah, so?** 知道，所以呢？

**Staff: Well, so I'm not done with that report yet.**
嗯，所以我還沒完成那份報告。

這樣的對話很能讓人進入狀況，因為這跟我們熟悉的表達方式很像，聽到這句話也許會讓人覺得「啊，英語也是要聽到最後才行」，但是對英語系國家的人來說，這句話聽起來的感覺不太一樣，對他們來說，先說完理由再講結論的狀況只有以下兩種：

做錯事或是講壞消息的時候

講趣事或是一個有令人驚嘆結尾的故事

但是這兩種狀況都跟剛剛那段對話不符合，而且以常識來說，在英語面試的時候也不會出現這兩種狀況。首先，面試的時候絕對不會講到壞

事，一定都是展現積極正面的態度。第二，就算你的故事有個令人驚嘆的結尾，你還沒講到結尾之前，面試官可能就會以時間不夠為由打斷你，然後面試就結束了，這是危險又沒有效率的策略。

以下的對話才是正常的「英語式表達」。

（上司問了一樣的問題）

**Staff: Um, I'm not done with the report.**
　　　　嗯，我還沒完成那份報告。

**Boss: Oh, why not?** 噢，為什麼？

**Staff: I was on that business trip all last week, remember?**
　　　　因為我上週都在出差不是嗎？

這也可以說是文化差異，華語的表達結構基本上和英語不同，一般來說，英語是先講核心再舉出根據或原因。

再來比較一下兩種語言的表達方式：

華語式發言：背景（理由）... "所以" ... 核心（結論）
英語式發言：核心（結論）... "因為" ... 根據（理由）

可以看得出來結構是相反的，換言之，華語中間會出現 so（所以），英語會出現 because（因為）。

再整理一下前面的例子：

華語式　　　上週一直在出差，所以我還沒完成報告。
　　　　　　**I was on a business trip all last week,**
　　　　　　**so I'm not done with the report.**

英語式　　　我還沒完成報告，因為上週一直在出差。
　　　　　　**I'm not done with the report,**
　　　　　　**because I was on a business trip all last week.**

英語式的表達結構順序就是「先點出核心再說根據」、「先說要點再敘述原因」，說來簡單，要用的時候可能很難適應。就算腦中都想好了，實際要用英語表達的時候，口中講出來的還是自己母語的表達結構。在令人精神緊繃的英語面試現場更是如此，即使事前信心滿滿，一到現場也有可能思緒打結、口乾舌燥，只覺得旁邊的每個人英語都說得比自己好……。要克服這種困境，唯一的方法就是平時充分地反覆練習。

其實最近除了英語面試外，一般面試也開始要求這樣的回答結構，因為面試本身通常時間都不夠充分，用英語式切中核心的表達方式才是最自然的。所以英語面試時更應該只想著英語式的結構，每個問題都要以最單刀直入的方式回答，畢竟英語面試的時間絕對比應試者預想的短暫。

## ★ 先點出核心，然後 SELL

現在請想像自己正在面試。面試官瞄一眼資料之後看著你，你也盡量維持著自然的表情看著他，然後面試官問：

**What do you like to do in your spare time?**
你閒暇時喜歡做什麼？

終於輪到你回答了，時間不多，首先要先知道他在問什麼，最多只能有 1 秒的空檔，他問「閒暇時喜歡做什麼？」，你得很快切入核心，至少第一句或第二句要說出重點，也就是說，要先講出整個回答內容的要點。

假設你喜歡的東西有點特別，就是「喜歡讀詩」。要先把問題的答案講出來才行。

**I love reading poetry.**
我喜歡讀詩。

回答了，骰子已經丟出去，現在要開始運作詩這個主題。

## 用 SELL 來舉出具體根據

接著是要加上適當的「根據」。如果第一句回答已經單刀直入的切入了核心，接下來的舉證就要很具體。下面是四種提出根據的方式，請記住首字字母組成的 SELL 就好。

| | |
|---|---|
| Story | 故事 |
| Example | 舉例說明 |
| List | 列舉清單項目 |
| Linking | 用連接詞順暢地連接句子 |

在實際回答問題的時候就會發現，其實通常不會只用到一種舉證方式。舉例來說，story 中會加上 list，example 也有可能會加上幾個短的 story，無論如何，既然是舉證就必須夠具體和詳細，要注意不能把話題扯到別的地方，而且要在限定的時間內作結論。

## ★ Story：要講故事

　　我相信不只是本書，所有的媒體或人力銀行都會跟準備求職的人強調要有自己的故事，不管是在英文履歷或是面試準備上，「故事都比條件規格重要」，它的重要性大到人類歷史文明，小到個人經歷，在在都可以得到印證。畢竟歷史本身就是故事，宗教也是故事，這些人類發展的軌跡都是靠口耳相傳或文字記載的故事而流傳下來。每個人家族中也有祖父母的逃難故事、父母親的奮鬥故事，社會上更是充滿了各種故事。

　　企業與學校裡也有故事，廣告、電子郵件、簡報、每天收發的簡訊也都是故事。遲交作業跟教授道歉時的藉口、因為塞車與朋友約會遲到時的道歉、下定決心時對自己的承諾，這些全部都是故事。每個人一定都有故事，我們每天和人相處的點點滴滴都是在創造或訴說屬於自己的生活故事。

　　我之所以要這樣不斷地說明，是因為有些應試者一聽到「講故事」就害怕。要記住，這裡指的「講故事」其實就是我們日常生活中每天在做的事。

### 在故事中放入感情

　　好的故事一定要有容易理解的脈絡，即必須要有邏輯性和一貫性，但是這種具體的脈絡，不是指把某個事件從頭到尾敘述完就是故事了。

　　人們很容易忽略的是「情緒」。故事畢竟不是數學或科學，一個人的故事一定要摻雜自己的「見解」和「感情」才會是好故事。故事是絕對主觀的，即使是一樣的故事，隨著每個人焦點跟觀點的不同，講出來的感覺都會不一樣。

　　另外，故事一定要有脈絡跟豐富的感情才能讓人產生共鳴，共鳴是非

常重要的，英語面試時一定要能讓面試官產生共鳴，你們的溝通才能算是有達到效果。

## 好故事的來源

英語面試時用的故事從哪裡來？當然，大部分都會是自己的經驗、未來的計劃、希望跟夢想等等，除此之外，也可以借用他人的名言或傳說，甚至是用虛構的故事。以下是幾種故事的來源：

| | |
|---|---|
| **我** | 自己的經驗、計劃、希望、夢想 |
| **其他人** | 熟人、朋友或是家人的故事 |
| **參考資料** | 從別人那裡聽來的事情、非小說、紀錄片、新聞、名言等 |
| **虛構** | 小說、電影、戲劇、傳說、神話等 |

要先強調一點，剛剛說的「借」，不是指把別人的故事硬講成自己的，因為不管在什麼類型的面試裡，真誠 (honesty)、人格、能力、專業性都是必要的基本條件。除了道德問題外，搞不好會因為前後回答不一致而被當成騙子 (liar)。比方說，明明自己只是把故事稍微誇張化，卻反而讓面試官產生懷疑，即使英語面試不是在看人格和能力，但很多面試官在遇到這種狀況就會開始想要挖出事實，追問一些較細節的問題，讓面試變成像在審問一樣。不只是專門負責英語面試的面試官會這樣，當應試者在面試過程中給人捏造事實的感覺時，公司實務人員跟高層更是會追根究柢。所以在面試時不但不能捏造故事，更要把自己的故事來源說明清楚。以下是幾種說明自己故事來源的方法：

提到自身經驗時

**In my experience ...**

In my experience, friends drift apart.
我的經驗是，朋友總有疏遠的一天。

**It's been my experience that ...**

It's been my experience that people can change.
根據我的經驗，人都會變。


講明是他人故事、參考資料、虛構故事時

**I've heard that ...**

I've heard that San Francisco is quite beautiful.
我聽說舊金山很美麗。

**~told me ...**

My friend told me the movie wasn't very good.
我朋友說那部電影不怎麼樣。

**I saw a ~ about ...**

I saw a documentary about monkeys on TV.
我在電視上看過一部講猴子的紀錄片。

## 故事有三大構成要素

故事的三大構成要素為「人物」、「背景」、「衝突與消解」。人物是故事的主角，背景是故事的舞台，衝突與消解則是登場人物所經歷的過程。

**Story** 的三大構成要素
1. 人物　　　　people
2. 背景　　　　background
3. 衝突與消解　conflict & resolution

各個構成要素的細節如下：

## 故事構成要素 ①：人物就是主角

　　每個故事首先一定要有主角。就算不是真的人，電影或小說中的主角也都會是「像人一樣」在行動的動物、恐龍、汽車、玩偶或是外星人，這樣才能讓人產生認同感。英語面試時講到的故事主角通常是面試者自己，有時也會是熟人、朋友、家人、教授、鄰居或社區警衛，甚至有可能是陌生人，像是最近新聞事件的人物、電影裡出現過的怪咖、假想人物等等，全都可以是故事主角。

　　重要的是要以人物為中心，只要主角描繪得夠生動，故事就成功了一半，像是半夜喝醉打電話來要你出去陪他的同學、催促著你趕快去領包裹的警衛、嘮叨著叫你出去做點運動的母親等等，都是讓人很容易能想像的人物。若你的故事主角有著脫離一般固定印象的新奇感時，故事也會得到不錯的評價。例如：身材是摔角選手，聲音卻很像小孩的朋友、總是把哨子放在上衣口袋裡的警衛或是彈著吉他的母親，面試官聽到了絕對會露出微笑仔細聽，因為你的故事很不一般。

　　當然，不需要、也不應該故意創造一個特別的人物，你的母親就算不彈吉他也應該有屬於她自己的特色，大家平常就可以先找出一些自己覺得特別有趣的點，再跟自己不喜歡的點做比較，來強調喜歡的點。當然對於應試者自己的故事也可以用這樣的方式來描述。

## 故事構成要素 ②：背景就是舞台

　　不管是怎樣的故事都一定要有「背景」，也就是像當時狀況這種可以作為舞台的一個「場所」。故事也一定會有發生的時間。若需要描述到細節，就要先想好季節或是一個時段。以下是故事背景會需要的四個要素：

**背景**

| | |
|---|---|
| 原因 (reason) | 當時狀況 |
| 場所 (place) | 特定地點，室內或室外，國內或國外 |
| 時間 (time) | 季節，特定時間，特定日期，過程時間 |
| 氛圍 (mood) | 感覺（五感） |

氛圍就是「感情」，也就是讓主角在故事狀況中產生某種感覺的原因，就像霧氣瀰漫的溪谷可能會讓人感到害怕，波光粼粼、海鷗飛翔的海邊可能會給人平和的安全感。氛圍也是故事主角暫時身處的一種「感覺環境」，是一種用五感去感受的情緒，會帶出主觀的感受，所以在故事中稍作說明的話是很好的，若能讓面試官在聽你回答時能間接地感受到這些光景、聲音、氣味跟氛圍的話，就表示你的故事十分具感染力，如此，不只能博得好印象，面試分數也會很不錯。

有許多方法能帶出氛圍，一般小說家常用的方式大致有明喻或比喻、提及事物、提及場所這三種。

**明喻或比喻**

He looked like a basketball player. 他看起來像籃球選手。

It smelled like a sewer. 聞起來好像下水道。

The kitten sounded like a crying baby. 那隻貓的叫聲像是嬰兒在哭。

My face turned hot like a stove. 我的臉像是爐子一樣在發燙。

It tasted like vinegar. 嚐起來好像醋。

很有感覺吧？明喻 (simile) 這種明白指出兩物之間的相似性或比喻關係的修辭法就是這點好，跟五感中哪一感無關，只要用大家熟知的某種事物來做連結就可以馬上帶出聯想，像是一講到籃球選手，大家就會聯想到個子很高的人；一講到醋，任何人都會聯想到酸味。

### 提及事物

We turned and watched the sunset. 我們轉過身看日落。

I could smell the roses. 我可以聞到玫瑰的香氣。

The alarm clock was loud. 鬧鐘的聲音非常大。

I rubbed ice on the insect bite. 我用冰塊敷被蟲咬的地方。

The kimchee was sour. 泡菜很酸。

提及事物，是指提到某種事物去喚起在脈絡上與其相同之特性的一種方法。在山腰上看到的落日晚霞一定很美、玫瑰是有香氣的、鬧鐘是每天早上會把我們吵醒的東西，已經不需要再用其他比喻來說明。

### 提及場所

There were so many people at Yangmingshan.
陽明山人真的好多。

In the bakery, everything smelled sweet and fresh.
麵包店裡每樣東西聞起來都新鮮又香甜。

The playground was noisy with kids. 運動場都是吵鬧的小孩。

I went into the hot sauna. 我走進了悶熱的三溫暖。

I ate a hamburger at a fast-food restaurant.
我在速食店吃了一個漢堡。

有時提到的場所不一定能讓面試官聯想到你想傳達的感覺，搞不好還會帶來完全相反的結果。舉例來說，在應試者的立場來看，提到「陽明山」就會想到那是擠滿夏天避暑遊客的地方，但是對面試官來說，陽明山在他的記憶中，可能是某個寒冷冬天在大學當講師的時候，跟朋友碰面吃飯然後散步分享人生故事的地方。所以說故事的「意圖」跟「脈絡」很重要。

當然，面試不是冷靜的坐在電腦前面寫小說，遇到出乎意料的問題時，其實只要能不慌忙的直接回答就很棒了，但是每個故事一定要有背景當依據，當你冷靜的敘述故事時，如果有機會能表現一些細膩的感情，就一定要毫不猶豫地抓住它，因為就算只是稍微加上一些情感表現，你都能得到高分作為回報。

另外，說明背景時也要提到事件發生的時間點，畢竟故事都是已經發生過的事，所以最好可以適當的活用以下提到的幾種時間標記法。

**時間標記 Time Markers**

**Once ...**

Once, I saw a big traffic accident.

我曾經目擊過一場大車禍。

**... the other day**

I ran into my old professor the other day.

幾天前我碰到以前學校的教授。

**... a while back**

I saw the movie a while back.

我不久前看過那部電影。

**When I was ...**

When I was living in Hualien, I saw the ocean all the time.

我住在花蓮的時候每天都會看到海。

**When ...**

When my mother got sick, I had to cook for the family.

我母親生病的時候，我需要煮飯給家人吃。

**In ...**

In high school, I was pretty shy.

我高中的時候很害羞。

**... last ~**

**It was last summer.**

去年夏天的時候。

**... a few days ago**

**I had my birthday a few days ago.**

幾天前是我的生日。

故事構成要素 ③：要有問題發生才是好故事

　　Story 跟 narrative account 是一樣的意思，翻譯出來大概就是「事件敘述」，但光是敘述事件不代表是個好故事。就算再微小，事件中也要有衝突或問題，接著是消解或對策。

　　電影、小說或是口頭描述都一樣，如果只出現問題卻沒有提出消解方式的話，故事都給人只講一半的感覺，面試官也會覺得很怪、很虛，當面試官受不了還問你 So what happened？（結果發生了什麼事？）就表示你的故事沒有適當的結尾，被扣分也是意料之中的事。

　　不過請別誤會，這裡不需要很激烈的衝突和問題，嚴格說來是不能有，因為回答的時間很短暫，不可能讓你講很長的故事，所以衝突與消解也都要描述得簡單又明瞭。

　　讓我們回到先前那個「閒暇時喜歡做什麼？」的問題，這裡的「我」就是各位讀者。先用「我喜歡讀詩」這個核心句子來回答。

**I love reading poetry.**

　　現在要提出根據了，就是開始這種嗜好的原因跟時間點。

**I got into poetry in middle school.**
我是國中開始喜歡讀詩的。


背景出現了，接著再具體一點。


**One summer, I had to spend a week at my uncle's house in the country.**
有一年夏天，我需要在鄉下的叔叔家住一個星期。


接著是衝突。


**He had no kids, so there wasn't much to do. I was really bored.**
他沒有小孩所以沒有什麼好玩的，我真的很無聊。


然後馬上帶出消解方法，或是說消解的開始比較正確。


**But my uncle had a lot of books in his house, especially poetry books.**
但是我叔叔家裡有很多書，特別是詩集。


面試官的嘴角稍微上揚，引起同感了，他們的腦中已經很直覺地在想你接著會說自己就是這樣開始讀詩的。只要分享了這些感覺，面試官應該也同樣能感受到應試者發現自己興趣時的喜悅。


就像剛剛說的，這種衝突跟消解不需要很激烈或是冗長，簡單來說，就是發生了什麼事，然後怎樣的得到解決。如果前後還可以描述一些視覺或聽覺的感覺，就已經構成一個簡短卻像樣的故事了。

沒有「問題」的話就用比較／對照
　　一時想不出衝突或問題的時候很難用「問題─消解」這樣的表達結

構。此時，就改用對比 (contrast) 的方式吧！簡單來說，就是故事裡有出現兩個不同的要素即可。

例如，故鄉跟現在居住的都市、過去預料的結果與現在看到的結果、大學入學時的心情跟此刻心情的對照、夏天和冬天的不同等等，可以對比的對象是無限的，衝突與消解、問題與對策其實也算是一種對比。

比較與對照的要素基本上有以下幾種：

| | |
|---|---|
| 開始與結束 | beginning and end |
| 過去和現在 | past and present |
| 起因和結果 | cause and effect |
| 這個角度與那個角度 | one side and the other side |
| 好與不好 | good and bad |

英語面試時，面試官也可能會直接在問題中提出兩種要素請應試者做比較或對照。

★ Example：舉例説明

舉例的時候要盡量舉出誰都可以輕易了解，且容易讓人產生共鳴的例子。其實例子和故事很類似，若真要說有什麼不同，大概就是例子比較不帶主觀的感情，也比故事來得短。不過由於兩者很類似，回答的時候可以把故事當作簡單的例子，幾個例子也可能會變成一個故事。這種型態跟接下來的 List 其實也有關聯，因為可以把幾個簡短的例子列成清單。當然，練習得愈多，就愈可以掌握自己想用的方式到底是舉例還是列清單了。

但是有些人會把舉例弄得太誇張或變成像在做公開發表，例如把「舉

例來說」直接翻譯成 Let me give you an example，或是 I'd like to give you an example。在本書 Secret 5 及稍後的第五項策略都會提到，英語面試不是在做簡報，把回答變成像是在「介紹」什麼的時候，你就已經破壞了在「對話」的這個假象。

## 不是只有 for example

　　舉例的表達方式很多，不是只有「舉例來說」或是「例如」這兩種說法，基本上最常見的是 for example、for instance，然後接「主詞＋動詞」的完整句子。

> **For example**, I can take the bus.
> There's a bus leaving every 15 minutes.
> 舉例來說，我可以坐公車，有一班公車每 15 分鐘發車一次。

> **For instance**, my younger sister likes K-pop.
> She makes me listen to the latest songs.
> 舉例來說，我妹妹很愛韓國流行音樂，她都會強迫我聽最新歌曲。

　　也有只放名詞的方式：

> **A good example** would be Psy's "Gangnam Style" video.
> As you know, it was quite popular.
> Psy 的 Gangnam Style 音樂錄影帶就是一個好例子，你知道它相當的受歡迎。

> Red is **a good example**. Red can mean fire, anger, and even love.
> 紅色就是一個好例子，它可以代表火焰、怒氣、甚至是愛。

　　可以看出上面第二個例句有用到 List 這個型態，這也說明了 SELL 這四種類型是可以混合使用的。稍微高級一點的就是「像～一樣」的句型，這是一種很有效的比喻方式。

**It's the same as** taking a test. So it's not really fun.
那就像是在考試一樣，所以其實並不有趣。

**It would be like** swimming without goggles. Your eyes would hurt.
那就像是不戴蛙鏡游泳一樣，眼睛一定會痛。

還有討論時常用的假設句型。

**Let's say that** I forgot my mother's birthday. I know she would get upset.
假設我忘記我母親生日好了，我知道她一定會很難過。

另外，也可在句子中用 like 這個單字來講「像〜」。

I usually eat Korean food for lunch, **like** kimchi jjigae.
It's actually quicker than fast food.
我午餐也常吃像泡菜鍋這種韓式料理，其實這樣比吃速食更快。

　　當然在舉例時還可以用 such as 這個片語，不過這種用法較爲形式化，大多用在文章中，所以請盡量不要使用，因爲對維持「對話」這種假象來說沒有幫助。接下來舉個例子說明回答時要怎樣使用 example。假設你的眼前坐了幾位面試官，輪到你時面試官問了一個意外的問題。

Why are New York City taxis all yellow?
紐約的計程車爲什麼都是黃色的？

　　如果這個問題出現在一般面試，那公司應該是想了解你的創意力，但是如果出現在一個國內企業的 Type A 英語面試裡，那就不是在看你是否具創意力或邏輯思考能力。這個問題只是想測試你有沒有辦法用英語應

對，也就是能否「流暢地運用英語」給個直接的回答，然後提出一些根據來說明。（其實這個問題出現在筆者主導的英語面試裡好幾次）

如同我在本書祕密篇中多次強調過的，就算遇到這種問題也不要拚命想提出什麼正確答案，這種問題也不會有什麼最適合的解答方法，SELL中也沒有哪個型態是最適合的，每個應試者的回答一定都會不同。

以下舉一個可能出現的回答。

### 核心

I'm not really sure, but I think it's probably because color yellow stands out. And taxis should stand out so people can spot it easily.

我不是很確定，但我想應該是因為黃色很顯眼，計程車要顯眼才能被路人看到。

### 根據

In fact, a lot of raincoats are also yellow. When it rains, you can't see too well, but yellow stands out. So it's less dangerous.

事實上很多雨衣也是黃色的，下雨的時候視線不是很清楚，黃色很顯眼，所以會比較安全。

Also kindergarteners wear yellow. It's for the same reason. The kids are small, so cars might not see them. But wearing yellow helps.

幼兒園學生也會穿黃色，原因一樣，小孩子身高不高，車子可能會看不見，穿黃色會有幫助。

As I said, it's the same with taxis. They're yellow, so it's easy for people to hail them.

就像我說的，計程車也是一樣，它們也是黃色的，所以路人叫車會比較容易。

這個例子是在有時間又可以做修改的狀況下完成的,所以看起來很有根據,各位在面試現場不需要做出完成度這麼高的回答,只要能冷靜地把當下想得出來的東西列舉出來即可,就算邏輯有點不順或是完成度不夠高也沒有關係。

就如 Secret 2 中提到的,流暢度最重要,能冷靜回答這種蠢問題就夠讓人另眼相看了。

## ★ List:列舉出根據

SELL 的第三個舉證方式是 List,以下是幾個英語面試時應試者會用到列舉清單方式來回答的主題。

　　＊事物(人、場所等)　　＊概念　　＊題目　　＊種類

一般來說,由於列舉的方式簡單易懂,因此在英語面試時是很有效的提出根據方法,但是必須注意,如果沒有處理好,就會變成只在列舉事物跟概念。舉一個很常見的問題來說,當面試官問 What type of music do you enjoy listening to?(你喜歡聽怎樣的音樂?),而你決定說三種事前已經想好的音樂類型,如果單純用列舉的回應:

> **I like listening to jazz, American pop and classical.**
> 我喜歡聽爵士、美國流行樂跟古典樂。

很遺憾地告訴你,當你這樣講完時,面試可能也「完」了!因為第一個句子就用列舉方式說明的話,很容易給人在背答案的感覺。那麼後面再分別對每種音樂類型加上補充說明如何?比如再加上音樂家。爵士是 Kenny G. 與 Wynton Marsalis,流行樂是 Maroon 5 和 Jason Mraz,古典

樂是 Beethoven 和 Mozart。

很可惜，結果大概還是一樣，基本上「列舉裡再加上列舉」絕對不是一個會得到高分的策略。那再來試試另外一個方法，就是稍微提一下你喜歡每個音樂類型的原因。

> **I like jazz because it's relaxing.**
> 我喜歡爵士因為它能讓人放鬆心情。
>
> **And American pop is good because I can learn English.**
> 美國流行樂是因為我可以學英文。
>
> **Also I like classical music because it's powerful.**
> 另外我喜歡古典樂是因為它很有力量。

這樣依舊不是很恰當，因為即使你會得到比超級初學者更高一點的分數，還是帶給人很生硬的感覺。

總而言之，第一個核心句只用列舉方式稍顯不足，因為這個問題要看的是應試者有沒有辦法適當的答出自己喜歡的音樂類型與理由，所以乾脆核心句先講出自己喜歡很多種音樂類型，然後把第一個句子改成這樣：

> 核心
>
> **I like listening to different types of music, depending on what I'm doing.**
> 我喜歡聽很多種不同的音樂類型，看我當時在做什麼。

接著把特定情境連結上特定音樂類型，再加上理由。

**根據**

When I'm <u>studying</u>, I listen to <u>jazz</u>,
　　　　　情境　　　　　　　音樂類型

because <u>there are usually no lyrics, just relaxing music.</u>
　　　　　　　　　　　理由

念書的時候我會聽爵士樂，

因為它大多沒有歌詞，只有讓人放鬆的音樂。


And I like <u>American pop</u> when I'm <u>learning English.</u>
　　　　　音樂類型　　　　　　　　　情境

<u>It helps me understand the rhythm of the language.</u>
　　　　　　　　　　　理由

我念英文的時候喜歡聽美國流行樂，它能幫我了解這個語言的節奏。


Also, I listen to <u>classical music</u> when I'm <u>cleaning my studio.</u>
　　　　　　　　音樂類型　　　　　　　　情境

<u>Their powerful notes make me move quicker.</u>
　　　　　　　　　理由

另外，我打掃的時候會聽古典樂，它強烈的音符會加快我的動作。


List 這種舉證型態最好不要只單純的列舉，若能連結 story 或 example，會讓效果更好。


## 列舉清單時三個剛剛好

從表達結構即可發現 3 這個數字在英語系國家常出現，例如常聽到的「緒論－本論－結論」，或是「起始－中間－結束」都是以三為一套的結構。在許多國家都很暢銷的翻譯書《真希望我 20 歲就懂的事》(*What I Wish I Knew When I Was 20*) 的作者婷娜．希莉格 (Tina Seelig) 就提到了所謂「三的法則 (The Rule of Three)」，說明人不管怎樣一次最多只能想好三件事。

如果是電子郵件或信件這種傳播媒介，因為可以反覆地花時間看，所以就算主題超過三個也無妨，但是在簡報、演說或是面試這種狀況裡，當你想傳達的項目超過三項，聽眾就會開始失焦，到時候不只是第四個項目被忘記，連前面提過的三項都會變得模糊，這絕對不是你希望得到的結果。

　　所以在列舉時請簡單明瞭的提出三項就好，即使只有兩項也沒關係，但是如果你無論如何只想得出一項，那就請放棄 List，單純用 Example 或 Story 來描述就可以了。

### 不要用 First, Second, Third 來列舉

　　沒有人會在日常對話中用「第一、第二、第三」來說話，如果還邊數著手指邊列舉的話更會予人很生硬的感覺，英語面試絕對不適合用這樣的表達方式。反倒是用母語進行的一般面試裡可能會適合，因為用數列會帶給人思緒清晰、善於整理的印象。

　　即使如此，就像本書中不斷強調過的，用母語進行的面試跟英語面試在很多方面都不同。有些讀者可能已經發現，前面描述自己喜歡的音樂類型例句裡完全沒有用到數列，我省略了 First，連 Second 跟 Third 也是用 And 和 Also 來列舉，這種表達方式給人很自然把腦中想到的東西講出來的感覺。

　　其實數列是很有用的列舉方式，也不是說面試時絕對不能用，但是就如同本書 Secret 5 中提到的，英語面試就是對話，無論如何都要維持對話這種假象。而對話是相當圓滑而自然的，即使是列舉事項也會是一派輕鬆，所以若出現 First 這個單字，就好像「咚」一聲柱子在地上敲了一下，然後再接連敲下 Second、Third，老實說，英語系國家的人聽了會很有壓力。First、Second 這種數列比較像是學術發表時會用的，所以帶給

人在聽課的感覺，這麼一來面試官就變成聽眾而不是你對話的對象，當然會加深你們之間的距離感，應試者的話聽起來不自然，分數自然也就高不了。總之，這種數列方式即使是英語系國家的人也很難用得自然，所以還是少用為妙。

替代方案就是用 and 或 also 這些比較自然的字眼。畢竟在「三的法則」下需要列舉的事物不會超過三項，也就沒有必要用 first, second, third 這種方式。你可以用 one 來說明要講的第一個項目，然後用 and 和 also 來讓接下來的句子聽起來很自然，或是用接下來這種表達模式：

| | |
|---|---|
| One is .... | **One is** jazz. 有一個是爵士。 |
| (And) Another is .... | **Another is** American pop. 另外一個是美國流行樂。 |
| (And) There's also .... | **There's also** classical music. 還有就是古典樂。 |

★ Linking：用連接詞連接句子

最後一個方式 "Linking"，是指回答時可以善用「連接詞」讓聽的人更容易理解，算是一種讓面試官清楚知道現在回答到哪裡，接下來又會是什麼的一種暗示。

語言學家認為，溝通有所謂的邏輯連結性 (logical transition)、一致性 (unity)、凝聚性 (cohesion) 等重要的結構要素，所以不管是用故事、舉例或列舉時，都要注意整體是否夠圓滑自然，連接詞因而扮演很重要的角色。

## 用連接詞五兄弟 ASBBO 來連接你要說的話

先提醒各位，在開始進行英語面試或口語測試前，即使因為緊張而把至今所學過、練習過的全部都忘光了，也要想辦法記住三樣東西，就是形容詞、單字的縮寫、還有 ASBBO。我在此先說明 ASBBO，形容詞跟單字縮寫會留在後面第六個策略「好好料理語言」裡面再詳細說明。ASBBO 就是 and-so-but-because-or，這些非常基本、看起來不起眼的單字，全都是在文句表達中很好用的連接詞。

它們的具體功用是英語初學者都很清楚的，and 是用來加上東西、but 是用來轉折、because 是用來說明原因、so 是用來說明結果、or 則是用來說明替代方案。在複習完它們各自的角色之後，接著來看看活用 and-so-but-because-or 的方法。

在回答完一個句子要接下一個句子時，常會感覺有點不自然，此時就要用連接詞。你可以這樣想，英語面試時的回答是火車，各個句子是 1 號、2 號車廂，and-so-but-because-or 就是連接各個車廂的鉤子。

在講母語的時候，我們腦中形成句子的同時幾乎就可以脫口而出，但是講英語的時候不同，在開口之前通常會先在腦子裡翻譯，這個過程有快有慢，端看個人的英文程度，問題是既然要翻譯，話就有可能會中斷，句子跟句子之間就會出現停頓。舉個例子，你正在敘述自己跟好朋友平常喜歡一起做的事。

**Sometimes we go to the movies.**
我們有的時候會去看電影。

然後話就停住了！而你想破頭也不知道接下來要往哪個方向講，要講我們喜歡的電影類型嗎？要講我們常去的電影院嗎？如果他問我原因要

怎麼辦？就在你猶豫的同時，時間一分一秒地過去，面試官的眉頭也漸漸皺了起來。其實如果有好好練習過的話，這種猶豫的情況最多只會出現幾秒鐘，因為只要把連接詞五兄弟 ASBBO 拿一個出來用就可以。先拿 And 出來用，句子這樣連接：

**And we eat popcorn and hotdogs.**
然後我們會吃爆米花跟熱狗。

接著用 But：

**But these days there's not much to see.**
但是最近沒有什麼電影好看。

然後是 So：

**So we usually go to a KTV.**
所以我們常改去 KTV。

再來換 Because：

**Because we both really like singing.**
因為我們兩個都很喜歡唱歌。

最後輪到 Or：

**Or sometimes we just hang out at a café.**
或有時候就只是在咖啡廳裡殺時間。

就算不夠完美，至少這段回答聽起來有邏輯又流暢。但是記得千萬不

要每個問題都這樣回答，這個例子是讓你知道用這些慣用連接詞會讓回答聽起來很自然，但是當表達能力不夠強的時候，過分使用連接詞反而會讓你聽起來像初學者。不過若真的一下開不了口，就用 ASBBO 吧，它們是非常有用的幫手。

有些應試者會嘗試用跟連接詞功能類似的副詞，像是 moreover、furthermore、thus、however、therefore 這些聽起來比較高級的單字，但是它們是用來表達起承轉合的連接副詞，跟之前提到的 First、Second、Third 一樣，面試的時候最好能避開，因為英語面試時使用的連接詞一定要聽起來模糊，讓人注意到但是不能留下太強烈的印象。

事實上的確有一些英語系國家的人會在對話中使用 moreover 或 furthermore 來取代 and；用 thus 或 therefore 來取代 so；用 however 來取代 but，但是這些人通常會帶給人虛張聲勢的印象。在英語面試時也是一樣，尤其當你的英語表達不夠到位時，用這些論述型的連接副詞容易因為不夠恰當而被扣分。

## 使用表現順序的連接詞

當應試者被要求按照順序來形容一個事件時，記得盡量不要用 First、Second、Third 這些序數，有其他單字可以使用。「三的法則」在此也適用，因為回答的時間很短，可以講的內容也會受限，要把有十個小事件的故事壓縮成一個事件來描述的話時間一定不夠，就算時間夠，也絕對沒有辦法很完全地傳達清楚，所以在描述順序時最好是分成三個階段，最多不要超過五個階段。

第一個階段因為不需要強調，所以可以省略 first，當然，若只是簡單敘述的話，要放也無妨，舉例來說，當你要按順序描述煮泡麵的方法時：

**First**, you boil some water in a pot. 首先，在鍋子裡面燒水。

**Next**, you pour in the soup. 接著倒進湯包。

**Then** you also put in the noodles. 然後把麵放進去。

**After that**, you turn off the stove. 之後把爐火關起來。

**Finally** you take the pot to the table and eat your ramen.
最後是把鍋子拿到餐桌上開始吃泡麵。

　　接著讓我們來看看敘述事件的方法。煮泡麵的順序很簡單，所以可以用五個短的句子來描述，而為了英語面試實戰準備，我們再舉一個常出現的問題來做說明：

**What did you do last weekend?**
你上週末做了什麼？

　　好，那就說一下上週六跟朋友見面時發生的事好了。這個例子因為要多放一些生動且具體的內容，所以分成三個階段。

核心
**Last Saturday, I spent time with two friends around Taipei Station.**
上週六我是跟兩個朋友在台北車站附近度過的。

　　核心句子中已經提供了背景，也出現了時間、場所、狀況和登場人物，接下來用說故事的型態來敘述跟朋友一起時發生的事。既然是故事，就要設定一個「問題」，就如同前面提到過的，問題不需要大也不需要嚴重，更不需要給人什麼緊張感，可以只是一個很日常的事，在這個故事裡，「跟朋友度過愉快的時間」也可以是一種「問題」。

順序 ①

We met after lunch, at a café near Taipei Station.

我們是午餐之後碰面的，約在台北車站附近一間咖啡廳。

We ordered coffee and talked for an hour.

我們點了咖啡然後聊了一個小時。

It was really fun, because one friend, Jin-ho, was telling a lot of funny jokes.

我們聊得很開心，因為我朋友鎮浩講了很多有趣的笑話。

因為不需要強調這是第一個階段，所以 first 可以直接省略掉，用 ASBBO 五兄弟中的 and 跟 because 來展開故事。

順序 ②

**Then** we went down to Taipei Station.

然後我們逛到台北車站。

There are a lot of small shops there, so we looked around for a while. 那邊有很多小店，所以我們就到處逛了逛。

I didn't plan on buying anything, but I saw some nice baseball caps at a hat store. 我本來沒有計劃要買東西，但是我在一間帽子店看到很多不錯的棒球帽。

So I bought one. 所以我買了一頂。

用 Then 把場所移到台北車站地下街，也用了 so 跟 but，接續順序 1 的敘述在故事骨架上加入更多內容。

順序 ③

**After that**, we went to a large bookstore.

然後，我們去了一間大書店。

I didn't buy any books, but Jin-ho bought a few English books.

我沒有買書，但是鎮浩買了一些英文書。

> **And my other friend, Seung-chul, bought a novel.**
> 我另外一個朋友承哲買了一本小說。

最後簡單的用連接詞 then 和 after that 描述跟朋友在台北車站附近到處閒逛發生的事。

## 使用有情緒的副詞

在自己的連接詞字庫中不需要放太多副詞，因爲不管是企業、學校或機關團體的面試都只有一次，時間也不會太長，所以只要在輪到你回答時，在適當的時候使用副詞就好，不需要背太多單字。即使是以英語爲母語的人，習慣用的副詞也不多，而這些可以當作連接詞來用的副詞功用很單純：

> **引發臨場感**
> **帶入情感**

在敘述中適當的放入副詞可以讓自己的故事變成生動、富有主觀情感的故事。看看以下故事中出現的連接副詞：

> **Suddenly** my professor stopped talking.
> 突然間我的教授停止說話。
> **Immediately** the baby began crying.
> 嬰兒立刻開始哭。

Suddenly 和 immediately 有引發臨場感的效果，接下來是帶有主觀情感的副詞。

> **Luckily** I had a gift certificate in my backpack.
> 很幸運的是我背包裡有禮券。

> **Unfortunately**, it was raining outside.
> 很不幸地，外面開始下雨。

在表達「基本上」、「簡單來說」和「那就是全部」這些意思時，可以使用 basically 這個副詞。

> **Basically** no one wanted to volunteer.
> 簡單來說，沒有人想要自願。

基本上，英語面試時常用到的副詞就是以上提到的這幾個了。

## ★ 回答的時候不要偏離核心

Meander 這個單字是「失去方向到處飄」的意思，筆者常在評分表上用到這個字，而且不只是我，我的同行們也常在面試時用這個字，可見這種情形有多常出現。但是這個單字是在形容很糟糕的狀況，意思是應試者回答到一半偏離了主題（核心）。面試時只要確定好了核心就要堅持到最後，不要在附帶說明時變得散漫。

這種偏離核心的狀況常發生在初學者身上，甚至有人回答到一半乾脆停下來；也有人抱持「反正就亂講」的心態，以為不管如何，只要繼續講下去就會讓面試官感到佩服，這是錯誤的。

有趣的是，這種情況也常發生在去遊學過的應試者身上，可以看得出來他們想誇示自己的英語表達能力，特別是愛用一些英語中常出現的慣用語，但是這種方式非常可能會造成被扣分的反效果，因為雖然他們可

以講得很快，卻已經完完全全的脫離主題開始亂飄。這種「隨便亂聊」的方式是行不通的，面試官也不會想幫你，反而會在評分表上寫下 meander 之後等著你把話說完。

回到這個策略的原點。

問題出現之後，首先單刀直入的回答核心，接著提出支持核心的具體根據，在舉出根據的時候千萬不要脫離核心。原則就是這麼簡單，一定要把它深深地刻在腦海裡。

## 答其所問

其實就是要應試者注意別「答非所問」，因為就算練習和準備得再充分，誰都可能會無意中說出偏離核心的答案。

要避免答非所問的方法很簡單，就是問題出現之後先想想「這個問題是在問什麼？」然後努力以簡單明瞭的方式說出跟問題有關的答案。例如，當被問到 an exciting movie 的時候，重要的不是「有趣」而是「令人興奮」的電影（當然，有趣的電影也有可能是令人興奮的電影）；當被問到 a time you cried 的時候，重要的不是你「生氣」的時候，而是你真的流著眼淚「哭泣」的時候；favorite season 也不是在問你喜歡哪個「月」，你要說出「季節」才是對的。

面試官透露的
第二個策略
——
強調
**Emphasis**

**2**

Exaggeration,
the inseparable companion
of greatness.

Voltaire

——

誇大，是偉大不可分離的夥伴。

伏爾泰

# 誇大優點
# 縮小缺點

Exaggerate the good.
Tone down the bad.

## 光是講優點時間就不夠了

理論很簡單，誇大強項（優點），縮小弱項（缺點），滿意的部分一定要「誇大」，不喜歡的部分一定要「縮小」。

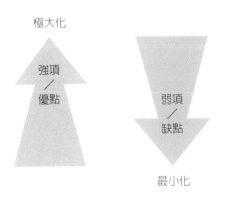

〈誇大／縮小策略〉

## ★ 就算只有一點喜歡也要講的很誇張

　　就像在美劇或電影，還有當地餐廳等公共場所可以看到的，大部分英語系國家的人遇到自己第一次聽到、第一次看到或是第一次吃到的東西時常常會發出感嘆，如果提到自己的嗜好或是關注的事情更是誇張。筆者當年住在美國的時候沒有感覺，但是在離開那個環境之後，連我自己有時都會覺得他們太誇張，不過，當我和英語系國家的人在一起時自然又會變得跟他們一樣。

　　當然只要是人都會感嘆，比如說看到很厲害的電影場面、聽到很棒的音樂，或是吃到很好吃的東西時，特別是感情愈豐富、年紀愈輕的人越容易感嘆。一般華人最常用的感嘆詞通常是「哇！」、「讚耶！」、「真不錯！」等等，某方面來說詞彙其實蠻有限的。

　　相對的，英語中的感嘆詞相當多樣，下面介紹的幾個感嘆詞大家應該也都很熟悉，首先是幾個感嘆詞單字：

| | | |
|---|---|---|
| Great! | Awesome! | Nice! |
| Incredible! | Fantastic! | Wonderful! |

也有一些感嘆詞跟「哇！」是同類的：

Wow!

Whoa!　　　← 念作 /waʊ/

Ho!　　　　← 跟「吼」很像

或是加上「喔」，

| | |
|---|---|
| Oh, wow! | Oh, my gosh! |
| Oh, my goodness! | Oh, my God! |

也常用 That's ... 的句型，

**That's cool!**　　　　**That's neat!**　　　　**That's gorgeous!**

另外是在原意為「神聖的」holy 後面加上一些沒有意義的單字，就會變成聽起來有點粗俗的感嘆詞，通常是在驚嚇或是意外的時候會用，意思跟「天啊！」有點類似。

**Holy moly!**　　　　**Holy mackerel!** ← mackerel 是「鯖魚」
**Holy smoke!**　　　　**Holy Moses!** ← 就是分開紅海的摩西
**Holy shit!**

也有一些感嘆詞是用來稱讚工作表現的。

**Way to go!**　　　　**Great job!**

英語系國家的人好像覺得光用感嘆詞沒辦法充分表達心情似的，常常會再加上肢體語言或滿臉感嘆的表情，出現擊掌 (hi-five) 或是擁抱等自然的表現。而相對於西方人，較含蓄的東方人雖然在感嘆的時候也會加上肢體語言和臉部表情，但是通常因為擔心帶給旁人不好的印象而會稍有節制。


★ **面試時讓對方看到你的熱情**

許多英語系國家的人一感嘆起來就好像發了熱病一樣，整個人散發出熱情與幸福，這種情緒或多或少會「傳染」給身邊的人，讓周圍都充滿著友好的氣氛。在面試場合也一樣，熱忱 (enthusiasm) 的傳染性跟帶動氣氛的力量特別強，這種態度絕對是可以影響得分的正面因素。所以各位

記得要誇大自己的熱忱，就如同 Secret 3〈偏好西式風格〉中說過的，面試官喜歡有跟他們類似行為的應試者。

## ★ 把所有的 good 都改成 great

試著想像一下，這裡是一對新婚夫婦的家，妻子在廚房忙進忙出，準備了丈夫最喜歡的燉排骨，剛剛下班很疲倦的丈夫在妻子面前坐下，默默地開始吃起排骨，妻子終於忍不住開口問（這裡我們用英文來想像）：

**So? How is it?** 怎樣？味道如何？

這時丈夫才稍微醒過來用慎重的表情回答：

**Oh, it's good.** 噢，不錯。

妻子清了一下喉嚨：

**Just good?**
只是不錯嗎？（just 這個詞稍微加重了一下，稍作暫停後說 good）

這下丈夫真的清醒了，啊，氣氛突然變得有點不妙，所以他接著說：

**No, it's great.** 不，真的很好吃。（特別強調 great 的語氣）

丈夫臉上帶著大大的微笑，比剛才更美味的開始吃起排骨，他知道只有不錯是不行的，因為「不錯」這個字眼跟「不怎麼樣」的意思差不了多少，所以在這種狀況下用 great 表現出讚嘆才是對的，就算是在誇大，也會讓妻子開心。

現在換一個情境，想像自己星期一上班時跟旁邊的同事在閒聊，對方問你：

**How was your weekend?** 週末過得如何？

你回答了：

**Good.** 還不錯

一點也不乾脆的答案。這裡的 Good 跟「很好」是不一樣的，它表現的意思與 so-so 沒什麼差別，只會讓人覺得你週末過得不怎麼樣。若要表達「很好」，最好改用 Great!（太棒了！），直接針對「週末過得如何」這個問題單刀直入的回答。

接著我們以這個問題來複習一下 Strategy 1 中學到的「舉證」，為什麼會 great 呢？如果現在是冬天的話：

**My boyfriend and I went skiing for two days.**
我跟男朋友去滑了兩天雪。

就算沒有繼續聽下去，也能知道回答者的感覺不只是還不錯，而是真的很開心。

## 英語面試時忘記 good 吧

就像這樣，good 與 great 的差別不只一些，而是有很大的層次差異，這點從詹姆・柯林斯 (Jim Collins) 所寫的管理學暢銷書 *Good to Great*《從 A 到 A+》這本書的書名就可以得知。

不只是管理學書籍，有一個在美國很受歡迎，在亞洲市場也賣得不錯的玉米片品牌，就是包裝上有 Tony the Tiger 的那個牌子，一講到 Tony the Tiger 就會想到一句廣告標語 "They're great!"，這個標語在美國產品的包裝上寫得很大。不只是 Good，而是 Great。只要吃了這個玉米片配牛奶，平凡的早晨也會變得很棒。

Great 是帶有主觀情感的單字，在英語面試時只要有機會講到自己喜歡的事物或是正面的經驗，請一定要講出主觀的意見，不用 great 這個字也可以，還有其他的單字可以用，例如：Fantastic! Terrific! Wonderful! 舉例來說，當面試官問到你最近看過的電影：

**Tell me about a movie you saw recently.**
說說看你最近看過的電影。

你想到不久前看過之後覺得「很好看」的一部美國科幻電影，所以形容那部電影：

**It was good.**

同樣的，這裡的 good 其實不是表達「很好」而更像是「還不錯」，聽者接收到的訊息了不起是「比想像好一些」的感覺，大概是 5 顆星裡可以給 3 顆星的程度。如果你想說的是很好看，那 good 就稍嫌不夠力。換種說法：

**It was fantastic!**

Fantastic 是很奇妙精彩的意思，讓人有可以輕易給出 4 顆星甚至是 5 顆星的感覺。既然你已經表示自己非常滿意這部電影，接下來就可以很

有活力地談談幾個像是緊湊的劇情、演員的演技、導演的藝術眼光等讓你覺得它 fantastic 的根據。

## ★ 帶著 love，放掉 hate

「愛」與「恨」是兩個完全相反的情感，至少字面上的意思是相反的，英文也一樣，Love and hate 就像錢幣的正反面，在對話中，特別是在英語面試的時候，這兩個字帶給人的感覺截然不同。

Love 這個字本身就很討人喜歡，如果發音正確的話聽起來更是悅耳，所以很容易讓人產生共鳴。當你打從心底說出這個字的時候，臉上的表情也會變開朗，聲音也會變好聽。

相對的，hate 這個字就像安靜的教室裡出現的刮黑板聲音，就像薩克斯風初學者吹出來的走音音調一樣，是沒有人聽了會高興的聲音。總之hate 是無法帶來共鳴且會讓人感到抗拒的一個字。

難道只有英語面試是這樣嗎？當然不，我想沒有人會在看人格與能力的母語面試時說出「我真的很討厭那種人」，或是「我實在是覺得泰國菜太難吃了」這類基本上很不得體的話。不管是在怎樣的文化環境，大家都是喜歡正面積極的人、討厭負面消極的人，所以就算這個應試者講話再有邏輯、觀點或人生觀甚至是思考方式讓面試官產生再多共鳴，只要說出「厭惡」這個字，就會讓人對他產生抗拒感。

切記，沒有面試官喜歡負面思考的人，這種說話方式會讓氣氛變沉重，分數也不會高。

## 英語面試中的「喜歡」不是 like，要用 love

可能有人看到這會一臉驚訝的搖著頭說：「love 這個單字感覺會讓人起雞皮疙瘩耶，love 不是『愛』嗎？英語面試的時候說 "like" 比較適合吧？」

一般我們講到愛這件事的時候，可能會想到家人、男女朋友或是寵物，但是愛的對象只能是「活著」的事物嗎？這樣我們人生中愛的對象大概十隻手指頭就數完了。其實英文單字 love 不只是「愛」，更有「非常喜歡」跟「熱愛」的意思。這麼一來，可以用英語 love 這個感情來表現的對象就無限了。

皮夾、皮包、智慧型手機、鋼筆、椅子、月曆、杯子、壁紙、書、電風扇、機車、信用卡、滑雪板、汽車、社區、都市、國家……講都講不完，另外像是今天的天氣、昨天看的電影、好的氣氛等一次性或是無形的東西也都可以成為 love 的對象。

相對的，雖然 like 的確是「喜歡」的意思，但是強度比較弱，舉例來說，若你現在手上剩下一盒巧克力，你會把它送給說 I like chocolate 的人，還是 I love chocolate 的人？所以就像前面提過要把 good 改成 great 一樣，在表達「非常喜愛」的情緒時，要把 like 改成 love。

## 就算是小事也可以用 love

許多人在使用 love 這個字的時候會猶豫是有原因的，怕這個字眼太強烈會不自然，尤其多數東方人其實不是很敢表現自己的喜好，擔心別人覺得自己的喜好太不起眼、太孩子氣、太危險、太過頭，甚至怕帶給人不務正業，太專注在嗜好上的不良印象。

不管理由為何，讀者們在走進面試現場的那一刻開始，思考方式和行

動就要變得跟西方人一樣，很多英語系國家的人甚至會以別人眼中不起眼的嗜好為榮，所以在英語面試的時候請放心的用 love 這個字吧！

## Love 要說出口，hate 要經過包裝

正面肯定的表現愈簡單明瞭愈好，開心就說開心，在聽的對方也會以友善的心跟你一起變得開心。

### Love 的表現
ⓥ I love apples.　我非常喜歡蘋果。

當然，可以使用一些更成熟的片語：

### 帶有正面肯定情緒的表現方式
ⓥ I'm really into apples.　我非常喜歡蘋果。
ⓥ I can't get enough of apples.　我怎麼吃蘋果都不會膩

相反的，負面的情緒就不一樣了，hate 這個字帶給人的衝擊很大，所以絕對不要用。

### 太過直率的表現方式
ⓧ I really hate apples.　我真的很討厭蘋果。

可以用一些比較婉轉的片語來吸收負面的情緒衝擊。

### 讓負面情緒變委婉的表現方式
ⓥ I'm not really into apples.　我不是那麼喜歡蘋果。
ⓥ I'm not all that crazy about apples.　我不是那麼熱愛蘋果。
ⓥ (Actually,) I'm not a great fan of apples.
　　（其實，）我不是真的很喜歡蘋果。

即使不是很好的消息，若是由會講話的人來傳達，聽起來也不會太糟，對吧？重要的就是這個。只要懂得掌握單字的微妙特性，就可以讓說出來的話聽起來更爲洗鍊穩健。

## Enjoy 聽起來就是中式英語

在繼續說下去之前，我先提一個大家很熟悉的字 "enjoy"。這個字本身沒有什麼問題，問題是在使用的方式。一般西方人欲表明自己很享受在做某件事情的時候不太會用 enjoy，反而會用 really like 或是 love。就像用中文來說，「我喜歡游泳」也比「我享受游泳」來的自然順口。

問題是大部分人在學英文的時候，會學到一個有 enjoy 的片語 "You should enjoy ..."「你應該享受看看～」，講的好像什麼廣告詞似的（這個單字這樣用的話 100% 是中式英語）。在本書 Strategy 5〈拋棄不好的英語習慣〉中會再詳細提到，其實這句話眞的沒有意義，聽起來就像是在「推薦」什麼東西。

這些對方根本沒試過、沒吃過、沒看過的東西，你不叫人家「試試看」，反而一直叫人家「享受看看」？最常遇到這種推薦法的受害者就是面試官。也因此，他們一聽到 enjoy 這個字就反射性地認爲你在講中式英語，所以記得在表達自己對某件事情樂在其中時，絕對不要講出 enjoy 這個字。

## ★「壞」經驗一概講成「不怎麼樣」的經驗

回到前面問過的「最近看過的電影如何」這個問題，這次換成用減少衝擊的說法來試試看。如果電影眞的不怎麼樣，很有可能就會講出 bad「不好看」這個詞，但是就和 hate 一樣，bad 是英語面試時不應該出現的「壞」單字。還好有很多方式可以緩和這種負面的情緒而不需要用到 bad。

#### 太過直率的表現方式

ⓧ **It was bad.** 真的很糟。

#### 減少「壞」衝擊的表現方式

☑ **It wasn't as good as I thought.** 沒有想像中好看。

☑ **It wasn't all that great.** 不是很精彩。

## ★ 誇大優點縮小缺點

接著要講的是提到個人強項（優點）或弱項（缺點）時的狀況。要注意，在稱讚自己的時候如果用 great 會讓人覺得你有點傲慢，所以反而要用 good 或是 pretty good 比較恰當。

#### 誇大優點的表現方式

☑ **I'm good with numbers.** 我對數字很有一套。

☑ **I'm pretty good at speaking in front of people.**
我蠻擅於在眾人面前說話。

#### 縮小缺點的表現方式

☑ **I'm not so good with numbers.** 我對數字不是很在行。

☑ **I'm not that great at speaking in front of people.**
我不是很擅於在眾人面前說話。

Ask and it will be given to you.

Jesus Christ

———

你們祈求，就給你們。

耶穌基督

# 要求
# 確認問題

When in doubt, ask for clarification.

## 比起不懂裝懂，還不如重新問一次比較乾脆

沒聽清楚問題的時候，不要輕易作答，要「再確定」一次問題。要求確認問題的方式隨著特定問題、當下狀況和個人理解程度可以分為下列幾種類型：

1. 請對方確定 Asking for Confirmation

2. 請對方定義 Asking for Meaning

3. 請對方詳細說明 Asking for Details or Elaboration

4. 請對方重複問題 Asking for Repetition

5. 請對方換種方式問 Asking for Rephrasing

〈請對方確認的類型方式〉

## ★ 澄清不是一種選擇，是必要的手段

每個人都會有聽不懂對方話語的時候，但是大部分的東方人在傳統禮教文化的教養下，如果一時沒聽懂對方說的話，往往不太能自然地請對方重複一次，會覺得那是失禮的行為。若對方層級比自己高的話，心裡還會再加上一層恐懼感，在公司裡，這種「上級」關係是上司，在家裡就是長輩了。

舉個例子，開會的時候副總說了一些話，但是在場的人都聽不清楚，也許是副總聲音突然變小或話講得太快……反正原因不重要，重點是副總不是在開玩笑而是在下指令。這是與工作相關的事情，本來應該要問清楚的，但是大家都怕被副總誤會自己沒有專心聽，所以沒有人敢問。結果所有人只好等副總離開之後，開始交換意見猜測他到底是下了什麼指令。

「他叫我們明天把草案準備好對吧？」
「不是吧，他說的應該是 PT（報告資料）。」
「不對，他說的應該是草案，他昨天也有講到這個。」
「昨天？不是啦，那是另外一個專案。」

沒有人能夠確定他到底說了什麼，這些討論既浪費時間又不會有實質成效。

其實這個狀況的始作俑者是那個話沒講清楚的副總，他下指令的時候應該要清楚明確才對，但是他的員工卻在當時選擇不作反應，事到如今也不好再追出去問。這個例子也許有些誇張，但多少反映了東方人的狀況。而這種狀況不只會發生在公司裡，在英語面試的時候也有很多人會有這種澄清恐懼症，大概應試者都覺得面試官的層級比自己高吧！

## ★ 澄清是最快最確實的方法

　　最大的問題是，這些人把東方社會裡「澄清＝失禮」的價值觀套用在與西方人進行的英語面試裡。當然，在評鑑英語溝通實力的英語面試時聽不懂問題的確會讓人很驚惶，但是逃避的想法更是危險。再舉個例子，面試官問了一個問題：

**What is your least favorite color?**

　　聽到 least favorite color，應試者可能會有點緊張。心裡想著 color 是「顏色」，favorite 是「最喜歡」的意思，但是怎麼會有一個 least 在句子中？這是陷阱題 (trick question) 嗎？at least 是「至少」的意思，least 好像是「最少」的意思，他是在問「最不喜歡的」顏色嗎？

　　這實在不是短時間之內可以想清楚的問題，但還是得在「喜歡的顏色」、「不喜歡的顏色」兩者中選一個來回答，而這兩種選擇通往的路完全不一樣。問題是，明明眼前有一條叫做「澄清問題」的寬廣道路可以走，你卻因為焦躁而看不見它。

　　在英語面試的時候，不管是怎樣的問題，只要稍微有疑問，就一定要問清楚。澄清是正確掌握發話人意圖的必要手段，在英語面試這種重要場合裡，如果沒有想要追根究柢掌握問題的意圖是很糟糕的，對話中任何細節都不能隨便聽聽就想要呼攏過去。

　　英語面試的時候，沒有比問 A 答 Z 這種狀況更糟的錯誤了，面試官不太可能主動跟你說 Oh, hold on. You misunderstood the question. I was asking ...（等一下，你誤會我的問題了，我是在問……），雖然隨著狀況與目的的不同，面試官是可以幫你，但是大部分情況是不允許的。就算面試官幫忙，但只要不是應試者主動請求，而是面試官自己直接把問題

重複一次的話，對應試者來說都絕對不是件好事。這是很重要的，所以我再強調一次。如果你對問題有任何疑問，澄清不是一個選擇，是必要的手段。

英語面試不是單純的考試，雖然它的目的的確是要評鑑應試者的英語能力，但是請記得本書不斷提醒各位的一個觀念：面試官認為自己是跟坐在眼前的應試者在對話。總之，在英語系國家人們的對話中常常會聽到大家在澄清，因為像是美國或加拿大這些國家都不是單一民族國家，在那種融合了多種文化的社會裡，澄清是不可避免的。

### ★ 要求確認問題的種類與方式

要求確認問題的方式隨著問題、當下狀況與個人理解程度而有所不同，不過很多的應試者在不了解問題的時候很容易會用 Pardon? 或Excuse me?，也就是裝沒事然後講「什麼？」或是「啊？」。這種方式讓人完全感覺不到你有想要努力了解問題，甚至會讓人產生你的英語程度很差或是在拖時間的印象。

在與人交談時，當你不懂對方的問題卻只說一個「什麼？」的時候，對方十之八九只是會把問題再重複一次，而且會比剛才更不耐煩、更大聲。同樣的，Pardon? 或是 Excuse me? 也沒有辦法讓面試官知道應試者到底需要什麼，所以大多會用懷疑的眼神慢慢地、很大聲地把問題再問一次。若重複問題之後應試者有好好的作答倒無妨，如果還是不了解問題的話只會讓情況變得更糟糕。

那要怎樣才是正確的澄清方式呢？接下來我會提出幾種類型，通常面試官會把他們通稱為 asking for clarification，也就是「要求講得更清楚」的意思。

【要求確認問題的類型 ①】請對方確定

接續前面舉例過的顏色問題：

> **問題**
> What is your least favorite color?

讓人迷惘的部分果然還是 least，得想辦法確定自己的直覺是否正確，他到底是不是在問「我最不喜歡的顏色」？有幾種句型可以使用，Are you asking ... 以及 Do you mean ...。

> **要求確認**
> **Are you asking** about the color I don't like?
> 您是在問我不喜歡的顏色嗎？
> **Do you mean** the color I don't like?
> 您是說我不喜歡哪個顏色嗎？

面試官的回答一定會很簡單。

> Yes, the color you don't like.
> 對，你不喜歡的顏色。

那如果面試官問的其實是 most（最多）而不是 least（最少）呢？也許是自己太緊張而把 most 聽成 least，或是面試官太累了以致咬字不清楚……這個時候要求確認是非常正確的，面試官一定會跟你講清楚。

> No, I meant the color you like the most.
> 不，我是在問你最喜歡的顏色。

再舉一個很常出現的問題，這次不是沒聽懂，而是要請對方更具體的說明某個單字或是句子。

問題

**Who do you respect the most?**

最尊敬的人範圍太廣，是指現在還活著的人？歷史人物？還是大家都知道的人？如果這個時候應試者能主動的跟面試官要求定義更明確的範圍，會得到超乎期待的結果。你可以這樣反問面試官：

要求確認

**Does it have to be** somebody alive?
一定是要還活著的人嗎？

若面試官回答都可以，那就把事前準備好的「最想見到的歷史人物」拿出來講，直接從核心開始回答：

**I really respect Thomas Edison.**
我真的很尊敬湯馬士・愛迪生。

如果想回答的對象是家人該怎麼辦？這時可以用 Is it okay 這個句型來請對方允許。

要求確認

**Is it okay** to talk about someone in my family?
可以說我的家人嗎？

單就 Who do you respect the most? 這個問題本身來看，其實要講誰都行，但是如果後面會出現跟家人有關的問題，或是面試官有其他目的

的話就很難說了，這種時候換個對象來講就好，因為你已經從要求確認這件事上得到分數了。

【要求確認問題的類型 ②】請對方定義

有些單字不像 least 這麼簡單，聽起來甚至不像英文，特別是那些口語用詞或是慣用語，例如下列這個問題：

> 問題
> **What jobs are considered cream of the crop in Taiwan?**

「剛才明明問旁邊的人喜歡什麼運動，為什麼要問我 What jobs are considered 什麼什麼 in Taiwan?『作物的什麼奶油？』到底是什麼東西？」

如果是讀到 cream of the crop 可能還可以猜一下，但是現場聽到的時候可能會覺得這個更像外星語，當場可能只聽得懂他在問「在台灣怎樣的工作是○○？」，但是不能就這樣放棄，至少要知道這個「作物奶油」到底是什麼。首先就用 Sorry, I am not familiar with ... 這個句型來請對方諒解吧！

> **Sorry, I am not familiar with** that phrase.
> 不好意思，我不是很清楚那個短語的意思。

Phrase 是「短語」的意思，因為不知道 cream of the crop 是什麼意思，也不太確定要怎麼念，就只能用這種方法，希望面試官會很乾脆的把 cream of the crop 的定義講給你聽。等了一兩秒，還好面試官接著又問：

> **What, "cream of the crop"?**
> 什麼？你是說 "cream of the crop" 嗎？

你回答了 yes，接著面試官就解釋了：

**Well, "cream of the crop" means ... the best, the top.**
這個，cream of the crop 就是 ……「最厲害」、「最好」的意思。

原來他是在問「在台灣怎樣的工作被認為是最好的？」，接下來你就可以開始回答。不過若等了一兩秒面試官還只是看著你的話，可能是這次有規定在應試者沒有具體的要求之前面試官不能多說話。不管如何，最多只能沉默一兩秒，不能再等下去，要馬上重新正式的再問一次：

**要求確認**
**Could you tell me the meaning of that phrase?**
可以告訴我那個短語是什麼意思嗎？

接下來再舉一個問題為例。

**問題**
**What is your favorite catchphrase?**

假設你不知道 catchphrase 是什麼意思，但是知道剛剛他說的那個字怎麼念，不管如何先請對方諒解，可以用下列這個句型：

**Sorry, I'm not sure what "catchphrase" means.**
不好意思，我不是很確定 catchphrase 的意思。

也可以單刀直入的直接請對方解釋：

**要求確認**
**Could you tell me what "catchphrase" means?**
可以請您跟我說 catchphrase 是什麼意思嗎？

而面試官可能會這樣回答：

> **"Catchphrase" is like a slogan, a motto, or a saying.**
> Catchphrase 就是像口號、座右銘、名言這些。

如果當場什麼句型都想不起來的話，就用最基礎的那個句型吧，但是要記住這是真的沒輒時的最後辦法 (the last resort)。

> 要求確認
> **What is "catchphrase"?**
> catchphrase 是什麼？

【要求確認問題的種類 ③】請對方詳細說明

還有一種可以用來確定特定單字和句子的方法，就是請對方更詳細的說明。以剛剛的問題 What's your favorite catchphrase? 為例，這次要請對方舉例來說明，至於請求諒解的方式使用跟前述第 ② 個類型一樣的句型即可。

> **Sorry, I'm not familiar with that word.**
> 不好意思，我不是很清楚那個字的意思。

然後馬上接著要求舉例說明：

> 要求確認
> **Could you give me an example of a catchphrase?**
> 可以請您舉個 catchphrase 的例子嗎？

我們再來看另一個問題：

問題

What do you think about the new smartphone design from TGP?

問題的意圖很簡單，就是問你覺得 TGP 公司新的智慧型手機設計是好是壞，還有理由是什麼。但是，如果不知道 TGP 這間公司的話，聽到問題的當下一定會慌。

「是哪個國家的品牌？新的設計是怎樣的？我連舊的長什麼樣子都不知道？不知道的話會被對方看不起嗎？是我的問題嗎？」

別想這麼多，沒什麼好擔心的，只要這場英語面試不是評價個人人格與能力的面試就不會有問題，因為面試官不是要考應試者對時事的了解。其實這個問題問得不是很好，但是應試者在遇到的時候不管如何都要試著回答。首先，既然不清楚背景，那就請對方先說明背景吧！

**Sorry, I'm not familiar with** that.
抱歉，我對這個不是很了解。

接著再請對方詳細說明：

要求確認

Could you give me some background?
可以跟我說明一下背景嗎？

對時事了解或不了解跟英語能力是兩回事，所以面試官有說明的義務。如果說明會太複雜或是跟面試規則有衝突的話，通常面試官會放棄原問題並改問其他的問題，因為這是一個在不清楚背景下無法好好回答的問題。

【要求確認問題的種類 ④】請對方重複問題

「可以請您再說一次嗎?」這個提問到底是致命性的還是根本沒什麼大不了?很難說,因為這是由應試者的觀點和自信感所決定的。

直接請對方再說一次問題的應試者其實真的很少見,因為大家都覺得這會是一個致命的請求,但是在筆者的經驗裡,幾乎不會有面試官一聽到這個問題就急著扣分,畢竟這不過是幾秒鐘的事,而面試官的工作是要考慮到應試者整體的回答狀況之後才評分。如果請面試官重複問題之後能給出讓人滿意的回答,那這個行動對分數就不會有什麼影響,而且沒聽清楚問題也不一定是應試者的錯,有可能是面試官講話的聲音太小或不夠清楚,或是剛好當時受到其他噪音所影響。

要求對方重複問題的方法很簡單,首先在座位上稍微往前一點,然後頭偏向一邊,臉上保持微笑,額頭上稍微出現一些皺紋,肢體語言表現出剛剛是因為受到外在影響而讓你沒有聽清楚,要讓人覺得你這個重複問題的要求是理所當然又自然的,在那當下絕對不能失去自信。(也許你會覺得這樣有點假又故意,但是要把它當作一種無言的「意識」。)開口之後先請對方諒解,然後就請他重複一次問題。

**Sorry, I didn't catch that. Could you repeat that?**
抱歉,我沒聽清楚,可以請您再重複一次嗎?

大部分的面試官這時都會親切地重複問題而且講得慢一點,運氣好的話,有些面試官甚至會把問題用更簡單的方式提出來。接著你該做的就是好好的回答問題。

【要求確認問題的種類 ⑤】請對方換種方式問

在短暫的面試過程中,有時候會遇到想破頭都不明白問題在問什麼的

情況，也許是因爲對該主題和單字不熟，或是整個問題中的每個單字彼此間好像都沒有關連，結果根本不知道該從何說起，眼前一片黑暗。比如說這種問題：

> **問題**
> Why do a lot of people fall for get-rich schemes?

「Fall for？爲什麼 a lot of people 掉進什麼？fall for 是不是對異性產生強烈感情的意思啊？那 get-rich schemes 又是什麼？」

如果想要好好回答的話，就承認自己完全不懂這個問題在問什麼吧！這時也只能請面試官換種方式再問一次。

> **要求確認**
> Could you rephrase that?
> 可以請您換個方式再說一次嗎？
> Could you say that in a different way?
> 可以請您換個方式再說一次嗎？

就算你「理解力」這個項目裡會被扣分（其實不一定眞的會），只要能好好回答就可以挽回局面，所以眞的希望各位在面試當中遇到狀況時，千萬不可以沒跟對方要求確認問題就先放棄。


## ★ 要求確認問題是把弱點變成優點的機會

其實在英語面試時遇到需要確認問題的狀況算是運氣不錯的，除了特殊的狀況之外，通常要求確認問題不但不會被扣分，反而是一個被加分的機會，因爲某些問題在脈絡上如果有要求確認的話會更像是日常對話。

但是，聽不懂面試官的問題還要求確認的這件事，不是跟 Secret 2〈評分的標準很簡單〉裡面講到的「理解力」有衝突嗎，聽不懂然後再問一次的行為難道不會被扣分？

## 要求確認的話分數反而會變高

請各位參考 P.52「面試官常用的評語」，「要求確認（問題）asked for clarification」是被歸於 good 裡面，雖然的確有可能是因為沒有辦法 100% 聽懂問題才會問，但若要讓英語面試真的像「對話」，那確認就是必要的。現實中人與人之間的對話不會像連續劇劇本那樣完美，一定有可能會出現讓人不理解的話語。

即使有一個面試小組因為應試者要求確認問題而在「理解力」部分扣了他 1 分，但是如果應試者沒聽懂問題而隨便亂答的話，那被扣的絕對不只 1 分，說不定根本拿不到任何分數。相反的，如果 clarification question（要求確認問題）拿到了 5 分，就算被扣了 1 分也還是多得了好幾分，所以即使有被扣分的可能還是應該要求確認問題。

## 要求確認問題是冷靜，也就是有自信的行為

「自信感」是很不容易評分的要素，因為沒有辦法訂一個客觀的標準，所以是不能算在評分項目的。不過自信感與英語面試時的「流暢性」很有關係，加上面試官或多或少會對應試者產生印象分數，所以自信感絕對會在不自覺中對最後的分數產生影響。自信感在一般評鑑人格與能力的母語面試中相當重要，對英語面試來說也是一樣。

海明威有一句名言 grace under pressure，就是指在「壓力」之中也不忘「優雅」，要冷靜的應對，相信自己，這就是自信感。

想像你在某個停車場裡，停車場已經滿了，而你運氣很好的找到一個很小的位子，只要倒車進去就可以停，不過你現在已經擋住了其他車子的路，此刻你的心理壓力一定很大。這個狀況下會出現兩種駕駛，一種是不心急、冷靜地慢慢調整車子然後停進去的駕駛；另一種是很慌忙，一看就知道其他車子給了他很大壓力的駕駛，因為他覺得每個人的視線都集中在他身上，這也可以算是一種舞台恐懼症吧。

其實在英語系國家裡前者的數量應該較多，而且那位駕駛還會抱怨自己在停車時其他車子靠太近很沒禮貌。理由很簡單，既然是停車場，要停車的人最大。急著把車停好的駕駛跟一聽完問題就急著想要回答的應試者是一樣的，基本上已經失去了海明威說的「優雅」。所以，回答問題的時候別忘了踩著煞車，頭往窗外看一下，必要時就跟面試官要求確認問題。而且這時一定要表現出你的自信感，不能看起來很可憐或充滿歉意，不要害羞更不要猶豫，眉毛稍微抬高、頭稍微偏一下地詢問吧！不過記得要遵守稍後 Strategy 5〈拋棄不好的英語習慣〉中將提到的「5 秒原則」。

## ★ 絕對禁止每個問題都要求確認

應試者嘴裡講出來的每句話，跟要求確認這件事一樣，都要跟當時狀況相符才行，每個問題都要求確認不是好事，這就是為什麼我剛剛會說那是「運氣」。其實有一些基準可以幫你判斷哪些狀況下應該要求確認。例如，就算是一些大家都應該知道的單字或片語也一定會有人不知道，就像 Anna（安娜）這個名字，在英語的發音裡其實是「A 娜」，如果只是在書中或是一般本國人之間對話中用過 Anna 這個名字，而沒有實際聽過母語人士講過，在聽到的當下一定會覺得有點茫然（發音問題會集中在 Strategy 7 裡討論）。這個時候就可以要求確認，用本篇提過的第 ② 種類型來問，而且要優雅又有自信地問。

**Could you tell me what "A 娜" is?**
可以請您跟我說什麼是「A 娜」嗎？

那麼面試官就會笑一下回答你：

**Anna is a name.** Anna 是人的名字。

這種狀況是不會被扣分的，而且還有可能被加分，因為在英語系國家也是常會發生名字發音混淆的事。

## ★ 只能問面試官適當的問題

除了要求確認之外，還可以問面試官什麼問題？

其實除了外商的人格與能力面試，或是部分大企業一對一的集中式英語面試之外，一般英語面試很少有機會讓應試者發問，畢竟時間有限，而且是要測試應試者的英語能力，如果變成面試官一個人在說話，那不就背離了這個目的。無論如何，就算是有可以發問的時間，面試官也大多會給應試者一個發問範圍，比如說不能問怎樣的問題，或是只能問怎樣的問題。其實就算沒有發問範圍限制，能問面試官的問題也很有限，畢竟，不能因為一個隨便的發問讓辛苦得到的分數全部流失。

### 一定要避免的問題

英語面試時面試官的工作很簡單，就是「發問」。一直在發問的他們突然要回答問題的時候反而會不太習慣，甚至可能會比準備充足的應試者還說不出好答案，而且跟一般人相同，被問到一些令人尷尬或是敏感的問題時，原本親切的面試官可能會突然變得有防衛心，所以一定要特別注意。

一般來說，有幾個問題一定要避免，例如：

> **太過私人的問題**
> ⓧ **Are you married?** 你結婚了嗎？
> ⓧ **How old are you?** 你幾歲？
> ⓧ **Do you have a girl friend in Taiwan?** 你在台灣有女朋友嗎？

在英語系國家裡，異性關係 (romantic relationship)、政治傾向 (political leanings)、年紀 (age)、人種 (race)、宗教 (religion) 等話題除非是非常熟的朋友，不然在一般對話裡都是禁忌，而且如果是在英語系國家面試的時候問到這些，更是有可能上法庭的，所以最好不要在與人對話時提到這些主題。還有下面這些問題也要避免：

> **像是陷阱的問題**
> ⓧ **Do you like Taiwan?** 你喜歡台灣嗎？
> ⓧ **Do you like Chinese food?** 你喜歡中式飲食嗎？
> ⓧ **What is your favorite movie star?** 你最喜歡的電影明星是誰？

對本國人來說，這些問題絕對不會是陷阱，那是因為沒有人會討厭自己的國家，但是對於旅居在當地的外國人來說卻不是那麼回事，就如同我們在國外遇到外國人問這種問題時，即便有不喜歡那個國家的地方也不會真的說出來，所以上面這些問題會變成像是陷阱一樣。

> **可能會引起爭論的問題**
> ⓧ **Do you like soju?** 你喜歡燒酒嗎？
> ⓧ **Do you like Taiwanese girls?** 你喜歡台灣女孩嗎？
> ⓧ **Should the U.S. reduce troops here?** 美國應該要減少駐軍嗎？

燒酒是酒，面試的時候最好不要提到這個話題，面試官有可能滴酒不

沾。另外，在面試的時候問喜不喜歡某個國家的女生這種問題是絕對不恰當的。最後的問題則根本是燙手山芋，每個人的立場不同，意見就有可能不同，這種問題只會破壞現場氣氛而已。

不只是剛剛提到的這些問題，只要是連跟本國人提問都會覺得似乎不是很恰當的問題全都不要問。還有，也要避免那些其他應試者很可能已經問過的、太過平常老套的問題。也許有些讀者會想「拜託，誰會問這些問題啊？」，就是真的有。這些問題一問出口分數就有危險了，不是說面試官會因為心情差而亂搞你的分數，而是他很可能會突然丟一個很難的追加問題、一個非常私人的問題，或是在 Secret 2〈評分的標準很簡單〉裡面提到的「字彙、語言、關聯性」和「流暢性」項目扣你的分數。

## 開放式的 Wh- 問題比封閉式的 Yes-No 問題好

許多人在用英語提問的時候，經常會不自覺地問封閉式問題 (closed-ended question)，特別是用 yes-no 來回答的問題。比方說午餐時間過後問外國人 Did you have a good lunch?（吃過午餐了嗎？）或是星期一早上問 Did you have a good weekend?（週末過得開心嗎？），這些問題的回答都太簡單了。

**Yes, I did.**

整體來說，西方國家的文化更適合問開放式問題 (open-ended question)，例如午餐時間過後問 How was your lunch?（午餐如何？）；星期一問 How was your weekend?（週末過得如何？）更為適當，這些問題的回答較為開放，可以使用的情感形容詞種類也更豐富。

**Great! Awesome! Fantastic!**

應試者最好也是問面試官這種開放式問題，用 How 開頭的問題取代 Do 或是 Did（或是 Are）開頭的問題，這樣回答的空間會更廣泛。真沒辦法想要問 Do you like Taiwan? 的話，就把問題變成 How do you like Taiwan? 吧，這樣就不像是陷阱問題了。

事實上，How do you like ... 這個句型非常有用，舉幾個例子：

**How do you like Taiwanese cuisine?**
你覺得台灣菜如何？

**How do you like working in Taiwan?**
你覺得在台灣工作如何？

## 一對一面試時的狀況

雖然本書重點是著重於一般企業的團體面試，但是考慮到也有公司是由實務人員來進行一對一的英語面試，所以接下來簡單提出幾個應試者可以問的問題。假如面試官先問了：

**Do you have any question for me?**
你有想問我什麼問題嗎？

**Would you like to ask me a question?**
你想問我什麼問題嗎？

**You can now ask me a question.**
你可以問我一個問題。

在此情況下應試者沒得選擇，至少要想辦法問點什麼才行。建議如果面試官是實務人員，就問跟公司或團體有關的問題；如果面試官是外國人，就問剛剛提過的開放型問題。

若是問與公司或團體相關的問題，就不要問那些你早就知道的事，但必須注意，有些網路或資料都查不到的東西可能因涉及公司機密而讓氣氛變得尷尬，能避免就避免。最好的提問方式是問面試官對這個公司或團體的「意見」，各位可以記住並活用下面幾種句型：

**What would you say** is the most satisfying part of your job?
你覺得在工作上最讓你滿意的部分是什麼？

**What** product **would you say** has the most potential for growth?
你覺得怎樣的產品最具發展潛力？

**What would you see as** the greatest challenge facing the division?
你覺得這個部門現在面臨的最大挑戰是什麼？

All of us are stars
and deserve the right
to twinkle.

Marilyn Monroe

我們每個人都是星星,都有閃耀的權利。
瑪麗蓮·夢露

# 展現自己的
# 獨一無二

Be unique. Stand out from the crowd.

## 關注會集中在看起來跟別人不一樣的應試者

各位看完本書 Secret 3〈偏好西式風格〉和 Secret 6〈面試官也會無聊〉就知道，一定要讓面試官在眾多應試者中注意到你，所以展現自己很重要，只要表現出知性和感性，你的獨特性就會顯露出來。

〈顯露獨特性的知性與感性〉

## ★ 回答一定要符合現實

我在面試現場工作多年以來，發現一個很有趣的現象，就是有一個問題的答案幾乎總是一樣。

面試官：**What is your favorite movie?** 你最喜歡的電影是哪一部？
應試者：**The Usual Suspects.** 刺激驚爆點。

非常常見的答案。有時候還有這樣的情況：

面試官：**What is the most recent movie you saw?**
　　　　你最近看過的電影是哪一部？
應試者：**The Usual Suspects.** 刺激驚爆點。

這個答案不是很符合現實，這已經是 1995 年的電影了耶！當然，應試者可能是前幾天才在電視上看到，不過這個答案已經太常見了，這種已經讓人聽到膩的回答絕對沒辦法讓人與眾不同，也就是顯示不出你的獨特性。

另外，這個答案會讓人猜想你只是按照很久以前的考古題準備的。我不相信學校、居住地和興趣不同的應試者中有這麼多人是 The Usual Suspects 的影迷。回答一定要符合現實，只要符合現實就是好答案。再試一次：

**What is your favorite movie?** 你最喜歡的電影是哪一部？
**Dead Poets Society.** 春風化雨。

這是更久以前的電影，但是比 The Usual Suspects 好一點，至少沒有那麼常聽到。不過 Dead Poets Society 也像是應試者們說好的「模範答

案」。接著再問一次第二個問題：

**What is the most recent movie you saw?**
你最近看過的電影是哪一部？

應試者回答了一部當年的電影，也是上映有一段時間了，不過近年來因為網路發達及 DVD 風行，所以也有可能是這樣看到的。當然，如果是銳利的面試官就有可能再追加以下問題：

**What is the most recent movie you saw in a movie theater?**
你最近在電影院裡面看過的電影是哪一部？

這算是突擊問題，不過這種狀況下是真的有可能會出現這個問題，特別是當應試者的答案像在背考古題時，面試官就有可能會丟出這個問題來進一步確認應試者的英語實力。

## ★ 盡量避免太過於平凡的答案

還有一個問題常會聽到相同的答案，幾年前是《兩天一夜》，接著是《Running Man》和《無限挑戰》，最近則是《Gag Concert 搞笑演唱會》。這些答案的問題是 What is your favorite TV program?（你最喜歡的電視節目是什麼？）。如果面試官剛好是韓國人或是也喜歡韓流文化的話，就一定知道應試者說的這些節目，不過因為這些答案太常出現，不太可能會引起面試官的興趣。

那英語面試呢？面試官基本上不是美國人就是加拿大人，應該是不會喜歡看「搞笑演唱會」的，甚至根本不知道有這個節目，而且前一個應試者也可能講過同樣的答案，面試官已經聽到煩了。再說，Gag Concert

這個節目名稱乍看是英文沒錯，但其實是韓式英語，就算發音再標準母語人士也是聽不太懂。即使是忽視以上所有可能性，應試者還是需要說明一下「搞笑演唱會」是什麼，而就算英語程度再好，要說明這種帶有深度韓國文化的喜劇節目也不容易，何必為自己添麻煩呢？最怕的是解釋了老半天還沒說出自己喜歡這個節目的原因，豈不是更糟糕？

### 絕對禁止複製貼上及剽竊型的回答

過於「大眾化」的回答展現不出個性，很多人是 copy and paste，也就是複製然後直接貼上大眾媒體上出現過的話，這會讓說話的人顯得很被動。若要以媒體上出現過的內容為素材，最好能說出自己看過或聽過之後的感覺，把它變成自己的東西而不是直接引用。不要留在框架裡，要跳出來才是 stand out，也才能讓別人看到你。換句話說，不能只求「接近標準」，而是要「特別」，這才是關鍵。

為了在重要時刻能展現出自己獨特的觀點跟價值觀，不妨在平時就養成對時事進行批判思考的習慣，想想國家政策和社會問題到底是如何影響著自己與親友們的生活。在面試時要讓人看到你不是一個 copy and paste 型的人，過於大眾化的回答等於是挖洞給自己跳，就像本書 Strategy 1 也提過的，要引起面試官的共鳴，共鳴能讓面試走向成功之路。

如果你沒有自信能講的很好，就先準備一些與眾不同的題材吧！比如說美劇 CSI 之類的，去找一些你能簡單但正確說明的電視節目。平時就養成習慣，將自己對某些議題的見解和價值觀利用附錄的「想法整理工作表」整理清楚並練習造句。

### 有些問題是直接問應試者的特質

雖然在一般的英語面試中不常見，但是某些企業特定的部門或是外商採用的 Type B 面試裡，會出現以下這些特別的問題：

**What makes you unique?**
你有什麼與眾不同的地方？

**What are your memorable characteristics?**
你有什麼令人印象深刻的特質？

**What adjectives best describe you?**
哪些形容詞最適合描述你？

這些問題是直接請應試者闡述自己的獨特性，英語系國家的價值觀裡就是這麼重視個人的特質。

## ★ 不要像背課文一樣回答問題

無論是一般的母語面試或是英語面試，應試者回答時像在背課文一樣的話是不會有勝算的，但是很可惜，還是有很多應試者真的是用背的。

英語面試時如果遇到背答案的應試者，面試官通常會用兩種方式來對付，一種是一句話也不說就直接扣分，然而大部分的應試者在這種狀況中還以為自己平安無事地度過了面試。第二種方式是抓住應試者回答中的小毛病然後丟一個突發問題給他，這種狀況算是好的，因為應試者至少還有機會可以挽回。

反正只要是背的答案就不會有獨特性，分數也絕對不會好，就算流暢地說了一大堆英文單字，只要讓人覺得你是在背誦就一點用也沒有。

### 準備自己獨有的答案筆記

不管是怎樣的回答內容，聽起來都要像是自己想出來的，讓我教各位一個準備方法。首先是列出面試時可能會出現的問題，先不要造句，用列舉的方式在筆記本中列出屬於你自己獨特觀點的項目，然後用這個筆

記反覆的練習，每次練習一定都會有些不一樣，所以建議把自己每一次的回答都錄下來，或是在家人、朋友面前練習，這樣對克服臨場恐懼也會很有幫助。只要持續練習，各位就會逐漸抓到要領，準備的內容會更個人化，英語的表現也會更自然，這麼一來，不只面試時會有好表現，英語實力也會日益進步。

## ★ 太尋常的回答已經聽膩了

每個人對某個人或某個場所都會有自己的見解與想法，例如問到自己的出生地：

**Tell me about where you were born.**
請問你是在哪裡出生的？

假設這個應試者是在恆春出生的。各位腦子裡應該也想好一個安全方便又一般的答案了。

「恆春有像墾丁這樣風景很好的地方，一到夏天就會變得很擁擠」，這樣回答當然沒有問題，但是別忘了 Secret 6 裡說的，面試官現在已經很無聊了，就算臉上帶著專業的微笑，心思有可能已經不知道飄到哪裡去，這時就要製造拿到高分的絕佳機會。

**I was born in Hengchun.**
我是在恆春出生的。

面試官很有禮貌的點點頭，然後腦子裡在想「嗯，恆春？他很快要講到墾丁了，啊，墾丁，這個時候人在那邊的話該有多好？」
應試者回答了：

**And people usually think of beaches, but my house was in the mountains. From there, I couldn't even see the ocean!**
大家都會想到海灘，不過我家在山上，從我家連海都看不到！

好意外，跳出框架了，你已經得到面試官的注意了，分數也已經變高，當然，你不應該故意講一些毫無根據的內容，不過只要你講的內容是面試官沒有預想到的，你就可以期待一石二鳥的效果。

第一，展現你獨特的個性。
第二，減少面試官的煩悶。

對尋常的「標準」說 NO，跳出固定的框架你就可以拿到高分。


## ★ 更細膩的情感表現

以我個人擔任面試官的經驗，許多人（特別是男性）在英文課或是工作坊講英文的時候都不太表現情感，正確來說，應該是沒辦法表現，就算是講到個人經驗時也忙著列舉事件，這種需要更高級英語的情感表現對多數人來說不是那麼容易。

比方說 How was your weekend?（週末過得如何？）這個問題，一聽到 How 這個字許多人會想到用 Good 回應，就算後面接著說明細節也不會帶有情感表現，只是單純地列出週末發生了什麼事。

**I went to the movie theater with my girlfriend.**
我跟女朋友去了電影院。

一般來說不但沒有情感表現，連意見都不會出現，就算再接續著問

What did you see?（看了什麼電影？），大部分的人也只會給我電影名稱，連個好或是不好都沒有，就算說了，也只會用 Good 或是 Bad 而已。

## 讓對方看到你的色彩

一個應試者的回應內容是否富有色彩，關鍵在於他們有沒有表達出感情或意見，希望本書的讀者們都能盡量讓自己的回應內容充滿色彩。

**What do you like to do in the winter?**
你冬天喜歡做什麼？

以這個問題來說，沒有色彩的回答可能是：

**I enjoy skiing. I go to ski resorts frequently. I go with my friends.**
我喜歡滑雪，我常去滑雪場，我跟我朋友去。

接著是充滿色彩的回答：

**I really love skiing in the winter. So I hit the ski slopes every weekend, usually with my friends.**
我冬天真的很愛滑雪，所以我每週末都會去衝滑雪道，通常是跟我朋友去。

乍看之下，這個回答有介系詞，用了更洗練的單字，句子也長一些，除此之外好像沒什麼差別。不過差別可大了，兩個回答都是在講滑雪，但是從後者的回答可看出他比一般人更喜歡滑雪，所以才會每個週末都去。總之這個句子讓人覺得回答的人是真的喜歡滑雪，如果再加上滑雪時的感覺跟心情的話，得到的分數會更高。

面試官透露的
第五個策略

戰術
**Tactics**

**5**

It is easier to prevent bad habits
than to break them.

Benjamin Franklin

預先防範壞習慣遠比
改正它來得容易。

班傑明‧法蘭克林

# 拋棄不好的
# 英語習慣

Get rid of every bad habit you've acquired.

### 開頭跟結尾特別重要

英語面試時的「開頭」跟「結尾」就如同漢堡包住美味醬料、肉、起司、番茄還有生菜的那兩塊麵包，沒有麵包的話，裡面這些東西就會散得亂七八糟。

〈面試的回答結構〉

## ★ 開頭和結尾會在記憶中留存最久

不管做什麼事，開頭都很重要，就像扣鈕釦時第一個釦子一定要先扣好。結尾也很重要，甚至有人說結尾好就表示一切都好。當然，中間過程也很重要，但是畢竟開頭和結尾會在記憶中留存最久，所以說它們最重要。

這一個策略的重點，就是要把各位學習英語這麼多年來，特別是認真開始練習口語對話的現在會出現的各種誤解和壞習慣給揪出來，某些會跟直覺不一致，某些會跟用母語進行的一般人格能力面試完全相反，另外也會介紹幾個一定要刻在腦海裡的原則。

壞習慣是很頑固的，很難一次就改正，而且一定要先承認自己有壞習慣才會有改正的機會，所以各位讀者務必要跟著一起做自我檢視。

## ★ 用 Yes-No 結束的回答是零分

我在準備英語面試的問題時，都會盡可能把問題設計成開放式的，但是有的時候，特別是臨時追加的問題，難免可能會出現封閉式的問題，甚至是面試官故意問的，為的是看應試者會講完 yes-no 就結束，還是會多加一些具體的說明讓回答變得更生動。英文中有所謂的 trick question，而封閉式的問題最可能成為「有陷阱的問題」。如果各位遇到下面這個問題會怎麼回答？

**Have you ever been to the U.S.?**
你有沒有去過美國？

既然是以 have you 開始的問題，用 yes-no 來回答是正確的，但是絕對不能只用一個單字就草草結束，這等於是在侮辱面試官。那如果是用

Yes, I have. 或是 No, I haven't. 這樣的句子來回答呢？這樣的句子從內容來看也是不太足夠，畢竟它只是 Strategy 1 提到的「核心句子」而已，即使是封閉式問題，其後也必須提出具體的「根據」，亦即利用 SELL 來舉證，所有 yes-no 以外的封閉式問題都是一樣。

### 回答要達到可以評分的長度才行

首先，回答內容太短的話根本不可能評分。那到底要多長才算夠？以我個人的經驗來看，至少要回答 20 至 30 秒才可以，再短的話就不容易評分了。最常見的團體面試型態裡，最長大約一分鐘左右，如果是一對一的面試則時間當然要更長。

其實如果有話想說就盡量說也是一種策略，反正超過時間的話面試官會打斷你，而且這並不會給評分帶來負面影響，但是要留意不能偏離主題。當你有機會回答的時候，請記住「2060 秒原則」。

> **2060 秒原則**
> 短的話 20 秒，
> 長的話大約 60 秒上下。

## ★ 太長的沉默是致命的

**Silence is death.** 沉默就是死亡。

這種講法有點恐怖，但是會這麼說是有原因的，而且再怎麼強調也不嫌多。英語面試時沉默是致命的，在面試官面前好幾秒鐘都不說話會留下非常負面的印象。

## 英語系國家的人不喜歡沉默無言的狀況

英語系國家的人（特別是美國人）大多非常討厭沉默，只要你開車時讓他們坐在副駕駛座就可以知道他們跟東方人有什麼不同。東方人怕話太多不禮貌，所以大多會一直保持沉默，而美國人則是怕不說話會不禮貌，所以會一直找你說話，這單純只是文化差異。如果對方太久不說話的話，他們就會問：

**Are you upset about something?** 有什麼不開心的事嗎？

西方國家的人在一般日常生活的對話中，「沉默」這件事是被視為極度無禮的。

## 沉默最多只能 5 秒

5 秒，很有趣的長度。某位心理學教授曾說過：「心理學家威廉・馮特 (Wilhelm Wundt) 將我們所經驗的『當下』定義為 5 秒。」我說有趣的原因是，在我的經驗裡正巧當沉默超過 5 秒時，就會讓人覺得太長了。

換句話說，面試官提問之後，應試者最多只有 5 秒可以準備說出回答，這才符合馮特所定義的「當下」。其實對面試官來說 5 秒還是太長了，3 秒比較適當。為什麼呢？難道再多想一下不行嗎？比起急躁的開始說話，稍微從容一點的開始不是看起來更有自信嗎？

並不是！就像我在 Secret 5 中再三強調過的，英語面試時一定要營造並維持一種在日常對話的假象，不然的話，這種應試者與面試官在「對話」的默契就會被打破，讓那一瞬間被打回冷漠的「口語測試」現實。

面試官將注意力放在應試者的這 5 秒鐘，應試者會在做什麼呢？應該是在思考吧。思考本身不是壞事，但是面試官的腦子裡已經在想：

① 這個人凍住了。
② 看來他是想先編幾個開頭的句子出來。

　　凍住的人不可能有什麼自信，辛苦的在想句子的人也別談什麼流暢性，考慮到西方國家文化與英語面試的情境，太長的沉默只會代表以下幾種狀況：

① 他慌了
② 他生氣了
③ 他英文不好
④ 沒禮貌

這幾項都不是好事，所以 5 秒之內一定要開始回答。

> **5 秒原則**
> 3 秒之內要開始回答
> 絕對不能超過 5 秒

　　如果不知不覺就過了 5 秒怎麼辦？其實也不需要感到灰心，雖然這是最後的手段，但還是有機會可以挽回。首先找回冷靜，靜靜地深呼吸，臉上帶著微笑，然後這樣說：

**Sorry, I was just a little nervous.** 抱歉，我有一點緊張。

這時面試官應該會這樣說：

**That's all right.** 沒關係。

這是真心的。每個人都有緊張時候，只要接下來馬上開始回答就可以了。

## ★ 避免不必要的道歉

　　許多東方人講英語的時候很常道歉，簡報內容準備得不夠充分時道歉；用英語對話過程中自己的話好像有點奇怪時道歉；英語講錯被指正時也道歉。但是，不小心撞到人或跟別人一下子靠太近的時候卻不道歉，這在西方人眼中是很難理解的。

　　英語面試的時候也常出現一些根本沒必要的道歉，比方說面試官問 A 問題而 B 回答了，這時面試官會說 "Oh, I was asking A."，而 B 就會嚇到然後很認真的說 "I'm sorry."，這種非正式的狀況下其實用 Sorry 帶過即可，但 B 卻用了非常莊重的句子來道歉。可惜的是，這種話聽起來會讓人覺得你非常沒有自信，所以除了之前提到的 Sorry, I was a little nervous. 那種狀況之外，英語面試時應盡量避免道歉，就算要道歉也簡單地用 Sorry 就好。（Sorry 也可以用來表示 Excuse me，所以這樣用是可以的。）

　　以上點出了一般人在英語面試時常犯的壞習慣，接下來將具體說明在進行最重要的開頭和結尾時要注意的地方。

## ★ 好的開頭 ①：不要拖泥帶水

　　在回答面試官的提問時不需要、也不能拖泥帶水，要像 Strategy 1 提過的，一開始就把核心講出來，然後再接著舉證說明。以下舉幾個很常發生的狀況：

### 不要重複問題

　　代表性的拖泥帶水就是重複問題。通常有幾種類型，一種是把問題一字不漏地重新說一次，有人是自言自語的嘟囔，有人還會大聲地朗讀一

次，雖然這種狀況很少見，但是會出現在英語水準非常低的應試者身上，他們必須先把每個字刻在腦子裡才能開始想答案，當然，這對分數是沒有幫助的。

還有一種是重複部分的問題，其實，如果把問題的主要單字放在回答的第一個核心句子裡的話是很不錯的策略，不過下面這種情況不太一樣，比方說：

### 問題

**Where do you usually go with your friends on the weekends?**
你通常週末都跟朋友去哪裡？

### 重複太多單字的回答

ⓧ **Where do I usually go with my friends on the weekends? I go to the movie theater.**
你問我通常週末都跟朋友去哪裡嗎？我都去看電影。

ⓧ **Where do I usually go with my friends on the weekends is the movie theater.**
問我通常週末都跟朋友去哪裡的話，是去看電影。

翻譯出來你就發現了吧？甚至會有一點像在嘲諷人的感覺。改成下面這樣的話就會好很多：

### 不錯的答案

**I usually go to the movies with my friends.**
我通常跟朋友去看電影。

雖然果斷的省略了 where 和 weekends，還是留下了 usually go 和 with my friends，比起過於簡短的 I go to the movies. 這個句子更好，就像這樣，第一個句子裡使用問題出現的核心單字會是一個好策略。

## ★ 好的開頭 ②：不要介紹答案

本書 Secret 5〈英語面試就是對話〉中強調過一定要避免「簡報式」的回答，「介紹」自己的回答或是「發信號」這種動作適合做簡報，但是在英語面試時就會顯得怪異，不但讓人感覺過於生硬，更會有太多拖泥帶水的詞句包含在其中。以下舉幾個最好不要使用的句型：

> **要避開的「介紹」句型**
> ⓧ I will start telling you about ...  讓我為你說明一下～
> ⓧ I will say about ...  我接下來要說～
> ⓧ I would like to tell you about ...  我想跟你說明一下～

這些句型不但聽起來彆扭又不自然，還會讓人覺得你接下來要說的話都是用背的。也許有些用母語進行的人格能力面試當中會欣賞這種做法，但那只是「那邊」的狀況，不代表適合用於英語面試。

## ★ 好的開頭 ③：不要問對方知不知道○○

**Do you know Taoyuan?**

大家也許會覺得這是在問「你知不知道桃園這個地方？」，但是嚴格說來，這個句子是在問「你知不知道桃園這個人？」

Do you know ...? 這個句子只適用於講本人眞的認識的人，不適用於不認識的名人、事物或是場所。但是不知道爲什麼，許多人在英語對話時都很習慣用 Do you know ...? 來問對方知不知道某個名人、某個事物或場所。我想這是爲了表現一種親切感，但這其實並非正統的英文用法。不管如何，在英語面試的時候最好少用這種句型，而是要用另外一種可以稍微提高分數的方式，比方說如果你要講桃園，就用下面這個句型：

**I'm not sure if you're familiar with Taoyuan but ...**
我不確定你對桃園熟不熟悉，不過……

## ★ 好的開頭 ④：不要以為你是在參加猜謎節目

有看過猜謎節目就知道，問題出來之後會給一點時間讓參加者思考，而且每個問題都有標準答案，又有趣又有臨場感。不過英語面試不是猜謎節目，所以不會給你思考時間，也沒有標準答案，這些本書前面都已經說明過。

我再強調一次，英語面試是一種兩個人在進行對話的默契，沒有標準答案，回答時要把腦海裡浮現的個人想法、立場與見解講出來，如果這種假象被打破，面試就馬上變成口語測試，這時評分就很簡單了，從 0 分開始準沒錯。

### 「讓我想一下」跟「那我先扣分」是一樣的

有些應試者不知道是從哪裡得來的情報，一聽到面試官的問題就會這樣說，而且還是用命令句：

**Let me think for a moment.**
讓我想一下。

有趣的是，就算已經不是第一次聽到這句話，面試官每次聽到時都還是會嚇一跳，覺得很誇張。當然，不管是什麼國籍的面試官，肯定還是會用從容的態度面對應試者。然而即使是在用母語進行的一般面試裡，說出「讓我想一下」這句話都會讓大家在等你的過程中，氣氛也變得越來越尷尬。

再說一次，面試不是眼前放了一張考卷的考試，只有團體討論或是專題發表這種面試會給人時間做準備，所以無論如何，3 秒之內就必須開始回答，就算會犯錯也要開口，因為只要你的英語程度不是高級水準，面試官都會把重點放在流暢性而不是正確性。如果被問到一些連英語系國家的人都會覺得難的問題時也不要慌張，先爭取一些讓自己鎮定下來的時間。你可以說：

> **Oh, that's an interesting question.**
> 噢，這是個有趣的問題。

像這樣一邊說一邊準備開始回答核心句子，要注意的是這種表現在面試的時候只能用一次。

## ★ 好的結尾：不要拖泥帶水就算了還潑冷水

把開頭時犯的錯原封不動在結尾時再犯一次，其實是蠻合理的事，因為那表示自己根本不知道犯了錯，還以為是很好的策略。

其實無論在怎樣的溝通情境裡，「結束」都多少會有點尷尬（想像一下要掛電話的時候），順暢而自然地結束話題絕對不是件容易的事。不過採用本書建議的回答方式，先單刀直入的回答核心句子，然後以 SELL (story/example/list/linking) 來舉出適切的根據，就可以把回答結束得很自然。

## 不要重複開頭用過的句子

大家應該都知道即使是短篇的英文論文也必須很明確的包含「緒論」(introduction)、「本論」(body) 及「結論」(conclusion)，只要照這個框架來寫，至少可以得到還不錯的分數（美國大學入學考試跟 MBA 等學校的小論文除外）。我想一些英語面試的應試者大概也想用這種很保守的結構來作答，所以才會很怪異的用一樣的句子來開頭跟作結束。

其實就算是小論文也不能在開頭跟結尾用完全一樣的句子，要把句子稍微做些改變，如果不知道這個事實而反覆使用同樣的句子，肯定得不到好的結果。我們再來看一次前面出現過的問題：

> **問題**
> **Where do you usually go with your friends on the weekends?**
> 你通常週末都跟朋友去哪裡？

如果應試者使用了同樣的句子，回答就會變成這樣：

> **作結時重複了句子的回答**
> ⓧ **So I usually go with my friends on the weekends to the movie theater.**
> 所以我通常週末都是跟朋友去看電影。

這是英語初學者會用的方法，一定要避免。

## 「結束了」真的很奇怪

不知道該如何解釋比較恰當，總之「結束了」這句話換成英文作結真的就是奇怪，不只是不自然，跟「對話」這件事也非常不搭軋。

Ⓧ **Finished.** 結束了。← 什麼東西結束的時候。

Ⓧ **That's all.** 講完了。← 上司講完話叫下屬回去的時候。

Finished. 跟 That's all. 的確是在表示結束了，但是這在英語面試時是不適用的。Finished 是跟朋友打電動先過關時心情很好時會說的話，That's all 則聽起來有點傲慢，就好像是上司跟下屬交代完事情講的「你可以走了」一樣。

再舉幾個例子：

Ⓧ **That's it.** 夠了。← 生氣時。

這真的是再也忍不住時才會說的話，就算再怎麼想美化它，也只會給人「我說完了啦！」的這種負面感覺。

Ⓧ **It's over.** 結束了。← 分手的時候。

如果是對戀人講這種話，對方應該會嚇到吧！太突然了，居然說要分手。不然就是電影主角吃盡苦頭之後，終於看到出口時會說的話。這應該不是各位想要表現的感覺吧。

Ⓧ **It's the end.** 結束了。← 完全放棄的時候。

有些人會在後面加上 Thank you.，雖然這樣會讓句子聽起來沒有那麼負面，但還是一樣地奇怪。

事實上英語裡還真不容易找到能溫和表現「結束了」的話，所以面試時不需要跟對方說你說完了，自然一點還是比較好。

## 不要推薦

很奇怪的是，許多人講完某個地方之後很習慣會做這件事：「推薦」。不管是自己的故鄉、現在住的地方，或是曾經去旅行的地方……大家都很愛推薦，就連英語面試的時候也一樣，喜歡強調「去看看」或是「我很推薦」。

先糾正以下兩個英語問題：

> ⊗ **I recommend you to visit Hualien.** 我建議你去花蓮看看。
> ⊗ **I suggest you to visit Yilan.** 我建議你去宜蘭看看。

這裡的問題不是推薦內容而是文法，recommend 這個字太過形式化，而 suggest 在這種狀況下用的話感覺也太過強烈。如果一定要推薦的話，下面這種說法比較適當：

> **不會流於形式的推薦法**
> **Why don't you visit Hualien?** 你要不要去花蓮看看？
> **You should visit Yilan.** 你應該去宜蘭看看。

不過我還是建議大家在面試時不要推薦，讓回答自然的結束比較好。

## 也不要下斷言

跟「推薦」一樣，在面試時最好要避免的還有「下斷言」，像是動不動就說自己還要再去哪裡，或是要跟朋友一起去哪裡……這些話都不過是沒有意義的斷言，特別是加上「有機會的話」或是「下次」只會讓你的話聽起來像是空談。

### 沒有意義的斷言

*ⓧ* **If I get a chance, I want to visit the U.S. again.**
　　有機會的話，我想再去美國一次。

*ⓧ* **Next time, I would like to go with my parents.**
　　下一次，我要跟我的父母一起去。

　　這些聽起來很形式化又讓人覺得膩的句子還真不少應試者會說，所以記得要避免。比起在「框架裡」(standard)，「跳出框架」(stand out) 是可以得到更好分數的策略，而想要 Stand out. 就得努力地把使用英語的壞習慣徹底摒除。

Use what language you will,
you can never say anything but what you are.

Ralph Waldo Emerson

不管你用怎樣的語言，
你能說的都只有你是誰。

拉爾夫‧沃爾多‧愛默生

# 好好
# 料理語言

Use language effectively.

## 只要減少常犯的中式英文錯誤就成功了一半

各位如果可以心無旁鶩的只準備英語面試，甚至還有能力請個人家教的話，面試當然是不會有任何問題。但是大部分的應試者實際上連準備的時間都不多了，更別提身邊沒有人可以給建議。不過就算時間不夠充裕，只要能熟悉本書中提到的策略並且反覆練習，還是可以將自己原有的實力充分地發揮出來。

中式英文
最小化

**+**

道地英語表現
最大化

〈英語面試回答原則〉

## ★ 使用簡單的單字、簡單的句子

　　英語這個語言除了文法複雜之外，還有從歐洲各國沿用而來的各種單字，如果不是英語系國家出生的人，真的很難完美地正確使用。不過，只要能好好消化本書提供的策略，並且確實反覆練習，短時間之內一定可以讓你的「口語」能力大步提升。

　　首先，讓我們先進去你的「語言倉庫」裡看看。如果你很久沒用英語講過話，那倉庫裡應該已經到處都是蜘蛛網跟灰塵了，而且還陰暗無光看不清楚內部。就先把門打開吧，任務很簡單，要從這陰暗的倉庫裡找出裡面有毛病的中式英語跟不恰當的表現方式，把它們通通丟掉，然後裝滿英語面試這個戰場上可以依賴的母語人士表現方式，並且反覆練習到可以變成反射動作的程度，培養出信心。接著讓我們看看具體的方法。

### 使用簡單的單字

　　倉庫裡有一些東西是絕對不能丟的，就是小時候剛開始學英文時學到的那些簡單實用的單字，這些一定要留下來，而且還要放在倉庫門口以便隨時取用。

　　首先要把 Strategy 1〈先講重點然後舉證〉中提到的「連接詞五兄弟」(and-so-but-because-or) 準備好。可能有人會覺得連接詞稱不上什麼「單字」，不過其實它們才是在英語表達中會讓句子發光的關鍵字。

　　根據 Oxford Online 的調查，總數量破億的英文單字中，最常用到的前 100 個單字就占了語料庫中所有單字的 50%，其中 and 是第 5 名，so 是第 41 名，but 是第 22 名，because 是 94 名，or 則是 31 名，也就是說，連接詞五兄弟全部都在 100 名之內。（我可以斷言，這 100 個單字中讀者們絕對沒有不認識的，希望大家有時間可以去找來看看）

一般英語系國家的人平常講話用的單字都很簡單，這點只要有看過美劇就會知道，我們想像中他們之間的對話跟實際上會發生的對話也不一樣。舉例來說，有人要對自己剛才奇怪的發言道歉，首先是很正式的說法，政治人物會用的風格：

**I regret the comments I made.**
我為我的發言感到遺憾。

相反的，他們在日常生活中會這樣說：

**I feel bad about what I said.**
我好後悔說了那些話。

第二個句子裡使用的單字全部都在 Oxford 詞彙中最常使用的 25 個單字表裡，可見大家平時用的都是很簡單的單字。其實在英語系國家中，就算是商業用語也都是一些簡單的單字，所以像是英語面試這些要用英語對話的場合裡，使用一些音節少的簡單語彙反而會更像英語。像海明威 (Hemingway) 和史坦貝克 (Steinbeck) 這些大文豪可不是因為詞彙能力不夠才用簡單英語來寫作的。

## 使用自己知道的單字

準備英文考試的時候大家都會拚命背單字，就連在英語系國家，學生們準備重要的證照考試時也是一樣。

我在高中的時候也背了不少單字，美國上大學要考 SAT（美國大學聯考），所以接觸了很多像是 abdicate（退位）、absolution（赦免）、eradicate（根除）這些比較艱深的單字。這是當時念過的教科書裡出現的單字，我不記得當年 SAT 考試有沒有考這三個單字，但確定的是，SAT

結束之後我一次也沒有用到它們。在讀大學時、在商場上、在從事英語教育相關工作時、在跟英語講師或面試官們對話時……，都從來沒有用到過。反而很常用到像 give up（放棄）、let go（放開）、get rid of（擺脫）這些片語。

各位一定有人會說英語面試擺明了也是考試，但是像英語面試這種用口語測試英語實力的考試，絕對跟背了單字就可以合格的考試不同。

首先英語面試是用說的，勉強用一些需要解釋才能了解的單字反而會碰壁，這點就連母語人士都是一樣。就算英文再好，在面試的時候用一些不是完全了解的單字是準備讓人扣分的行為，因為面試官會想要確認你是不是真的理解自己使用的字彙，所以千萬記得在面試時要用一些自己熟悉且可以確實說出定義的單字。

### 絕對不要用不確定發音的單字

除了不確定意思的單字之外，也絕對不要用不會發音的單字。比方說我們日常生活中常用到的「意識形態」這個字，英文是 ideology [ˌaɪdɪˈɑlədʒɪ]，在中間部分加重音會更像英語；ubiquitous（普及）這個字也是要把重音放在 "bi" 人家才聽得懂。在 Strategy 7〈活用聲調及肢體語言〉會再探討發音這件事，不管如何，英語面試時最好不要用自己不熟悉意思或是不確定發音方式的單字。

## ★ 不知道的單字就自己創造

就像血管堵住時全身都會出問題一樣，英語講到一半想不起來某個單字或是找不到適當的表現方式時，對話就會中斷，這時需要很快速的應對方式。以下會介紹三種應對的類型，最好是用第一或第二種，最糟糕的狀況才是用第三種來將回答完成。順便一提，接下來所舉的例子都是

筆者在面試現場實際碰到過的，大家可以參考看看。

【類型 1】直接翻譯

　　有一個應試者被要求形容下雨天的狀況，而他大概是忘了「雨衣」這個單字，不過仍然沒有中斷的把話說完。

> But we were ready. I had an umbrella, and my brother was wearing（這裡稍微停頓了一下）"raining clothes". So we didn't get wet.
> 但是我們有準備。我有雨傘，我弟弟則穿著 raining clothes，所以我們都沒有淋溼。

　　為了不打斷回答的節奏，他很快地直接翻譯了雨 (rain) 跟衣服 (clothes)，可見他是有備而來，當然我也完全沒有扣他分，他所說的其他部分都非常好，不需要因為他不知道 raincoat（雨衣）就硬扣他分。

　　即使是講母語，大家也會一時之間想不起某個單字或是某個人的名字。就算運氣不好遇到一個評分嚴格的面試官而且也真的被扣了分，差異也不會大到讓你跟別人有明顯落差，如果是遇到不會 100% 記錄面試的面試官，他更可能很快就把這件事忘記了。

　　也有過應試者直接翻譯「麵包店」這個字，他是怎麼翻的呢？ bread house。這個應試者回答中的停頓也幾乎讓人察覺不到，這個狀況也沒有影響他的分數。「雨衣」跟「麵包店」這種單字只要應試者下定決心，就絕對可以簡單地直接翻譯出來。

　　另外有一個應試者想要講「（鳥）喙」，他也是用直譯的方式講出來，讓我聽到時嚇一跳並且笑了出來，因為他翻成 "sharp mouth"。我猜他是

先把喙想成「尖銳的嘴」然後才翻譯出來的。這種反應能力值得效法。

其實這種時候有點童心是很有利的，太過成人的想法反而會吃虧，因為大部分的成人會想要找到剛好可以形容「喙」的單字，結果時間就在慌張中過去了。相反的，小孩子很單純，遇到不知道的單字就乾脆當場創造。英語面試的時候需要這種單純的心，不管是原本就不知道還是突然間忘記，面試當天不要把一切都寄託在背過的單字上。但這絕對不是告訴各位可以忽視一些該學的單字而隨便用直譯的方式來表達，平常還是要多熟記一些單字才行。

嚴格來說，直譯其實是中式英文的表現，是英語面試當下沒有辦法時才能用的策略，絕對不能變成日常習慣。當想到一些不知道如何用英語來表達的單字時，要養成習慣隨手記在筆記裡，有空時就查明清楚，把這些單字變成自己的，這樣才是真正通往英語面試成功之路的途徑，也是學習英語的正確方法。

## 【類型 2】用解釋的

第二種類型是像定義單字一般去解釋它，比方說雨衣是 clothes you wear when it rains（下雨時會穿的衣服），麵包店是 a store that sells bread（賣麵包的店），喙就會是 bird's mouth（鳥嘴）。解釋的時候就算使用不是很道地的英文，也總比中斷回答來得好，所以當無法直譯的時候就用解釋的吧！

## 【類型 3】直接講母語

這真的是非不得已才用的方法，也就是說，這不是個好方法。但是當你實在無計可施的時候，也只能用講母語來作為最後的手段了，至少比打斷回答節奏然後完全閉嘴得好。不過要記住，如果你在英語面試時用了母語，剩下的部分就更要拚了命地表現才能讓面試官給你好的分數。

## ★ 英文母語人士常用的表現方式

其實嚴格來說，英語面試的時間長短是因人而異的，準備不夠充分的人會覺得很漫長，有自信的人則會覺得很短。關鍵是要在限定的時間內把練習過的內容表現出來，這是應試者的本分。英語面試時可以個別作答的時間加起來也不過幾分鐘而已，雖然短暫，但是足夠讓這些面試官對你產生好感。在本書祕密篇裡有提過西方人友善的文化面、價值觀和語言表達，接下來就讓我們仔細地來看一些母語人士慣用的表現方式。

### 記住口語式的詞彙

所有的面試官在面試過程中手上都會一直拿著寫有應試者名單的筆記板，這樣才能在應試者回答的時候隨時做記錄，除了在各個評分項目中寫下相關的評語之外，也會把當下看到或聽到的應試者個人觀點、優缺點、特徵和感覺都寫下來做整理，雖然有些面試會錄音，但是大多數人會把現場觀察到的東西簡單記下來。

面試官們就這樣一整天都不能放鬆，既無聊又像在打仗，不過這時若從應試者的話中聽到一些母語人士慣用的句子或表現方式，馬上就會像打了一針興奮劑似的。在適當時機出現的口語詞彙會讓人印象深刻，心情也會變好，因此這種表達方式具有掩蓋小錯誤的效果。如果看過面試官的筆記，肯定會有類似這樣的內容：

**Great expression. Said "to be honest"!**
很棒。他說了「老實說」！

面試官一定會用很大的引號把他覺得很棒的話標示出來，甚至有些會在底下劃線然後加一個笑臉。像這種適當的表現方式會給面試官留下非常強列的印象。但是要注意的是，就算是再好的用語或句型，也一定要

自然地成為句子的一部分，不能讓它們突兀地出現。在重點句之前可以用以下幾種表現方式：

### You know，你知道／其實

✅ **You know**, I have thought about that. But in the end, I decided not to.

你知道，我有想過，但是最後我還是決定不要。

### Actually，其實

✅ **Actually**, it was my father who suggested it.

其實是我父親建議的。

以上兩個例子都含有「其實」的意思。另外，還有表示「老實說」的用語：

### To be honest，老實說

✅ **To be honest**, I've never thought about that.

老實說，我沒有那樣想過。

To be honest 最好是稍微帶一點「小小慚愧」的語氣，不然聽的人會想「啊，那你到現在為止都是在說謊囉？」，感覺不太開心。

就如同再好的食物吃多了也會鬧肚子一樣，再好的句型也只能用一次，重複的話除了會讓人聽膩，還會認為那是不好的「俚語」。

最後讓我們看一下表現「頻率」的單字。一般講到頻率的時候會用到 ~times，但這限於「三次」以上的頻率；講一次、兩次的時候則要用 once 和 twice，不可用 one time 或 two times。

## Once 一次

- ✓ I've only been there **once**. 我只去過那裡一次。

## Twice 兩次

- ✓ I took the test **twice**. 我考過兩次。

### 正確的使用慣用語

如果聽到有人把百發百中、十之八九、一石二鳥這些成語說成「百發百送」、「十之九九」、「一石六鳥」你會有什麼感覺？是不是覺得講的人不清楚成語的定義還亂用？說英語的時候也常會遇到這樣的狀況。比方說你想講進退兩難，也就是「這樣也不對那樣也不對」，而你曾學過 caught between a rock and a hard place，直譯的話就是「被夾在石頭跟堅硬處之間」，但是你把 rock 記成 stone 了，這麼一來，就算你運氣好在面試時有機會用到，結果也是會變得有點尷尬。所以記得要用自己 100% 知道的用語，不然效果會大打折扣。

### 遠離「俚語」

不管面試氣氛營造得有多像在對話，還是要記得避免過度使用俚語 (slang)，就像母語面試時你也不會說「啊，西海岸的夕陽美斃了」、「那傢伙，真是太扯了」、「那個時候我臉都被丟光了」或是「就是說嘛」這類話吧！有一個非正式的統計資料還蠻有趣的，就是曾經遊學過，特別是遊學時間比較長的應試者們特別愛用非正式的俚語。以下介紹幾種：

## Like ... 就那個／就是說／就像那個什麼……

- ✗ I was surprised. Like, I would know the answer!
  我很驚訝，就那個，我應該知道答案啊！

英語面試是一個正式的場合，這裡使用 like 是接近「就那個嘛」的語氣，會給人輕浮又太裝熟的感覺，其實剛剛介紹過的 You know 也是一

樣，太常使用的話也會給人同樣的感覺，一定要特別留意。

### Actually, 其實／就

ⓧ Actually, I went to a program in England.

Well, actually, I wanted to go to the U.S.

其實，我參加了一個英國的課程，嗯，其實，我本來是想去美國。

也許有人會覺得有點混亂，前面明明說可以用 actually，現在為什麼又說它不好？基本上 actually 不能算是俚語，只是非常口語化的用法，用得好的話效果會很好，而這個例句的問題在於毫無意義地在句子前面加上 actually。另外像是表示「一點」的 sort of 和 kind of 也一樣，太常使用就會給人是在用俚語的感覺。

### Yep. 是啊／嗯

ⓧ Yep, I go to movies a lot.

是啊，我很常去看電影。

Yep 是朋友之間用的單字，不管怎樣，要表現「是的」的時候，最安全的單字還是基本的 Yes。如果你的語氣可以很輕柔的話，用 Yeah 也是無妨的。

### One guy 一個朋友／一個小子

ⓧ I have a lot of friends. One guy works for this company actually.

我有很多朋友，其中一個小子其實就在這間公司工作。

Guy 這個字太不正式，英語面試的時候最好是用 friend。結論就是，英語面試時面試官跟應試者「彼此不太認識」，可以用一些會帶出親切對話感的表現方式，但是絕對不要用會讓人感覺沒大沒小的口氣。

全部都用縮寫

　　「那麼一來」和「那麼」哪個比較口語？「這樣說來」和「這樣」哪個比較口語？我想都是後者吧，不管如何，較短的說法感覺都比較口語一點，英語也是一樣，舉例來說：

　　　　ⓧ I am going. 我會去。

　　這種說法有點怪怪的，不只不自然，還給人太過正式的感覺，問題就出在 "I am"。在對話時基本上要用縮寫的 I'm going。把 I 跟 am 分開講通常都是為了要強調語氣，例如人家問「聽說你不去？」，然後你回答「我，要去啊，怎樣？」。

　　再舉個例子，就是用 will 來講未來計劃的句子。

　　　　ⓧ I will be graduating next year.
　　　　我明年會畢業。

　　這樣的表達方式當然在文法上沒有錯，別人也都聽得懂，但是稍微敏感一點的人就會覺得有問題，因為這個句子讓人感覺過於生硬或是說話者有點生氣，I 和 will 要縮寫成 I'll 才會比較自然。

**縮寫型 contractions**

| I am | → | I'm 我是～ |
|---|---|---|
| I will | → | I'll 我會～ |
| I have | → | I've 我有～ |
| I would | → | I'd 我會～ |

隱約的放入「維持對話感的信號」

　　簡單說就是所謂的「一搭一唱」。對方在講話的時候，一邊點頭一邊在適當的時候講「啊」、「啊對」、「嗯」、「對」或是「是啊」、「沒錯」這些話來應和，不但傳達了「是，我正在聽」的信號，更可以表示友善，並且形成一種共鳴。常用來表示應和的聲音語詞有像下面這些類似「嗯」的用法：

| Uh-huh. | Mm. | Mm-hmm. |

這些聲音很微小聽起來又有魅力。仔細看美劇或好萊塢電影，特別是卡通片裡常出現這種聲音。要注意的是，如果你覺得用起來不太自然，就不要在英語面試的時候用，這樣反而會帶來反效果。還有下面這些應和方式也很常用：

| Right. | Okay. | I see. |

　　表示應和要在適當的時候才會有效，比方說在問題較長或是比較複雜的說明時就可以用。如果在 Tell me about your family.（請說說看你的家人。）這種簡短的問題上運用的話，反而會讓人覺得奇怪。此外，在應和時如果聲音太大，或是隨便亂用的話反而會妨礙到對方說話。以下模擬一段面試官的說明與應試者的反應：

| 面試官 | Let's pretend you're eating out with your friends, and you're treating. |
| | 假設你在外面跟朋友吃飯，然後是你請客。 |
| 應試者 | Okay. 好。 |
| 面試官 | It's a fancy restaurant, maybe an Italian restaurant in Taipei. |
| | 那是一間高級餐廳，也許是台北的義大利餐廳。 |

| 應試者 | I see. 是。 |
|---|---|
| 面試官 | **Then you realize you forgot your wallet.**<br>然後你發現你忘記帶皮夾。 |
| 應試者 | **Uh-huh.** 嗯嗯 |
| 面試官 | **What would you do?** 你會怎麼做？ |
| 應試者 | **Well, I would probably ask one of my friends to pay.**<br>嗯，我大概會拜託其中一個朋友付錢。 |

當然不是每個面試官講話都像這位那麼囉唆，在這種狀況下建議可以配合面試官但減少應和，應和語詞就算只用一兩次也可以帶出母語人士講話的感覺，只要反覆練習抓準使用的時機，就可以把氣氛營造得如同對話般的自然。

如果小心用的話，感嘆詞也會帶來好的效果

大多數人應該都有過類似的經驗，跟社團或是某個團體的人坐在餐廳裡，突然開始唱名叫大家輪流起來說句話，而且可能是在毫無心理準備的狀態下。這種時候很難一下子說出自己真正想說的話，所以通常會在開始說話之前用了過多的「啊……」或「這個……」之類的感嘆詞，英語也是一樣。先看單純的發語詞：

Um…　　　　　　Uh…　　　　　　Ah…

還有帶點猶豫的發語詞：

Well … 啊　　　　I mean … 所以說　　　And … 然後

也許有人會覺得在英語面試時用這些字眼會讓人注意到你的猶豫，這當然有可能，但有時候話講到一半卡住的時候就可以用。在本書 Strategy 5

中說過，若遇到「沉默的片刻」一定要想方法填補空白，而填補空白的好材料就是感嘆詞。

以剛剛提到的情境來說，即使是用自己的母語，在不知該講什麼的當下，或是想要吸引他人注意的時候，也是會用「啊……」這樣的字眼。英語母語人士在這種狀況中也是一樣。這種方法不會讓人覺得你是不會說英語，反而會覺得是因爲這個問題有點出乎意料，所以你一時之間講不出想要說的話。不過要注意猶豫的時間不能太久，以免收不到效果。


## ★ 遠離中式英文

對於華人來說，受到母語中文（句型結構）的影響，在英語口語表達時很容易就會直接套用中文句型說出口。比方說，想講的是「工作是爲了賺錢」這句話，套上中式英文便可能會說出 Work can make money. 這樣的句子。但此句的句意並不合理呀！主詞是 "Work"，而 Work 又不是「人」，怎麼會 make money 呢？由此可知，要將中文和英文兩種不同系統的句型結構勉強套用是不可行的，說出來的句子會令人完全摸不著頭緒。若上述句子說成 People work to make money. 還比較容易讓聽者理解。

再舉一個例子，常聽到上班族想表達「公司離我家很近」之意，卻直接以中文思考方式說出 The company is very near my home. 這樣的句子，雖然這樣的說法一般人還是聽得懂，但是卻會讓人感覺說話者的英文程度不太好。若改成 The company is just within walking distance.（公司就在走路可達之距離。）不但聽者易於了解，也更接近道地的英語表達方式。

想要擺脫中式語法並熟悉以自然又道地的英語來表達，可以藉由「套用英文句型」來練習並調整。首先我們由大家一定都會的 not only … but also 這個句型，來觀察一下中式英文與自然英語間的差異和變化：

中式英文　Mr. Lin is my boss and he gives me some useful ideas.

　　　　　林先生是我老闆，他也給我一些有用的點子。

套用句型　**Not only + V + S（倒裝）, but + S + (also) + V....**

自然英語　Not only is Mr. Lin my supervisor, but he is also my mentor.

　　　　　林先生不僅是我上司，也是我的良師益友。

　　可以看出兩個句子的層次差很多嗎？一樣的道理，在與面試官面談時應盡量避免使用讓人一眼看穿英文程度的中式英文，而要多使用道地自然的英語表達方式，讓面試官對你另眼相看。以下再舉幾個實用的例子供各位參考：

中式英文　In the office, we need to communicate with others well.

　　　　　在公司，我們需要與他人進行良好的溝通。

套用句型　**[something] + V + vital / essential / necessary / important + in [somewhere]....**

自然英語　Excellent communication skill is vital in the workplace.

　　　　　良好的溝通技巧在職場是必備的。

中式英文　Jack is very smart, and I am shocked.

　　　　　傑克非常聰明，我都嚇到了。

套用句型　**[someone] + V + adv. + adj.**

自然英語　Jack is exceptionally talented.

　　　　　傑克真是絕頂聰明呀！

中式英文　I like children very much, so I want to be a teacher.

　　　　　我很喜歡小孩，所以我想當老師。

套用句型　**My passion for [something] has inspired me to choose [something] as my future career.**

自然英語　My passion for children has inspired me to choose elementary school teacher as my future career.

　　　　　我對孩子的熱情激發了我想選小學老師為職業之決心。

中式英文 I talk to a lot of people and collect their numbers.
我跟很多人交談，並收集他們的電話號碼。

套用句型 I [do something] through [action].

自然英語 I build my professional contacts through networking.
我透過拓展人脈來建立專業的關係。

中式英文 I want to do a lot of things, but there are many distractions.
我想做很多事，但讓我分心的事太多了。

套用句型 The greatest enemy of [something] is [something].

自然英語 The greatest enemy of productivity is distraction.
高生產力的最大敵人是分心。

　　由以上幾個例子可以看出，要由中式英文進階到自然英文的關鍵就是「句型」，若沒有句型讓我們套用，很容易就會說出帶有濃濃中文味的句子。反之，若有道地的英文句型可套用的話，僅需將可表達自己意思的字詞代入即可，這樣英語口語表達不就變得簡單多了嗎？因此，建議準備英語面試時，一定要將可以使用的句型列出來，並且在進行〈策略訓練工作表〉的答題演練時多加運用以增強熟悉度！

## 降低中式英文水準，就會提高英語水準

　　本書祕密篇中說過，面試官大部分是長年住在國內從事跟英語相關工作的人，所以都已經很習慣聽到跟主題不相關的中式英文，就因為面試官們和很多習慣用中式英文的學生或是同僚相處過，在聽到應試者有努力想要使用真正的英語時，都多少會「補償性」的多給一些分數。只要中式英文的水準變低，真正英語的水準就會變高。意思就是，只要能減少中式英語的使用，面試分數就會有差異。那如果遇到的面試官不熟悉中式英文的話又會怎樣？英語是他們的母語，所以這些人會直覺的覺得你用的英語有錯，當然就會被扣分。

辨別真的英語跟假的英語

　　說到中式英文的問題，除了前面提到以中文句型思考方式來表達外，還有一些中文習慣的遣詞用語，同樣容易讓母語人士聽得一頭霧水甚至產生誤解，在使用時一定要多加留意。以下來看幾個常見的用語問題：

親切、友善

⊗ kind

✓ nice, friendly, caring

He's a **nice** person. 他是一個很親切的人。

She's **friendly**. 她很友善。

要形容人很親切、很友善應該用 nice 或 friendly，而不是 kind。

失敗了

⊗ failed

✓ didn't make / didn't get

I **didn't make** it on time. 我沒有在時間內完成。

I **didn't get** in. 我沒有成功進入。

　　「失敗」這個詞在日常中經常用到，像是玩遊戲時沒有在限定時間內完成任務也會用「失敗了」這個詞，但是其實說「沒辦法完成」還比較貼切。英語則不會輕易用到 fail 這個詞，而是在遇到大事的時候才會用 failure 這個字，意思是「意義深長的失敗」。

世界第一（一流）

⊗ world best

✓ world's best / world class

It claims to be the **world's best** shipping company.
它自稱為世界最棒的運輸公司。

It's a **world class** company. 那是一間世界級的公司。

首先，要用所有格的 world's 才對，best 則是主題不明確的最高級。像 world's largest（世界最大），world's oldest（世界最老）這些詞都有客觀的定義，而 world's best（世界最棒）則是相當主觀的形容方式，最棒的原因也很模糊，例如光看 world's best shipping company 並無法知道它是棒在哪方面。

**有趣**

ⓧ Interesting

☑ fun / exciting

**It was fun.** 很有趣。

**Tennis is exciting.** 網球很刺激。

以本書 Strategy 2〈誇大優點縮小缺點〉裡提到的內容來解釋的話，interesting 其實不是一個有趣的單字，因為它沒有辦法給人有能量的感覺，也就是現在大家常說的「沒有 fu」。所以要表達「有趣」最好用誇張一點的表達字眼。（注意，funny 是「好笑」的意思，不是「有趣」，別用錯囉！）

**印象深刻，受到感動**

ⓧ (was) impressed to me

☑ (was) impressive / left [made] an impression on me

**The structures were impressive.** 整體結構讓人印象深刻。

**The country left an impression on me.**
這個國家令我留下深刻的印象。

其實不管用哪個單字，「印象深刻」都不是一種好的表現。尤其當你想表達好的印象的時候，最先想到的 impress 這個字反而會讓母語人士排斥。還是 Strategy 2 裡說的，他們喜歡「誇張」，所以會先想到 amazing, nice, incredible 這些很有活力的形容詞。

小時候

&#9447; When I was childhood

&#9447; When I was a kid / as a kid / in my childhood

**When I was a kid**, there was no internet. 我小時候還沒有網路。

I cried a lot **as a kid**. 我小時候很愛哭。

**In my childhood**, I read a lot. 我小時候讀了很多書。

When I was childhood 直譯會是「當我還在小的時候」，在文法上其實有問題，但就是很多人會這樣用，請各位還是留意正確用法以免被老外恥笑。接下來是描述未來的句型。

之後

&#9447; ... later

&#9447; ... from now / in ...

5 years **from now**, I hope to be working overseas.
五年之後，我希望能在海外工作。

I want to visit Europe **in 2 years**. 我希望兩年後能去歐洲。

有人會用 after 或 later 來表達「～之後」，但這兩個其實都不是正確的用法，要用 from now（現在開始的）或是 in 才對。（大家常以為 in 是「～之內」的意思，其實要描述時間「在～之內」，用 within 更為正確。）

知道～嗎？

&#9447; Do you know ...?

&#9447; Are you familiar with? / Have you heard of ...?/
Have you tried ...? / Have you been to ...?

**Are you familiar with** MLB? 你知道美國職棒嗎？

**Have you heard of** TSMC Inc.? 你有聽說過 TSMC 這間公司嗎？

**Have you tried** Stinky tofu? 你有吃過臭豆腐嗎？

**Have you been** to Penghu? 你有去過澎湖嗎？

請注意，Do you know ...? 這個句型是用來問「你知不知道～這個人？」，如果是要問「你知不知道某個地方、某樣東西……」，那就要像上面例句這樣，不同的狀況用不同的句型。

只要能正確說出日期、時間、數字，你的英語聽起來就會好

該怎麼說「今天早上」？那「昨天晚上」呢？如果你腦中想到的是 today morning 和 yesterday night，那你就要特別注意這一個章節。這種錯誤通常是把單字一個一個拆開來看，「昨天晚上」看似是兩個詞，但是其實要把它們綁在一起看整體的意思。所以英文的今天早上是 this morning，昨天晚上則依時間的不同有 yesterday evening（昨天傍晚）和 last night（昨天晚上）兩種說法。

昨天上午
- ⊘ yesterday morning

昨天下午
- ⊘ yesterday afternoon

昨天晚上
- ⊗ yesterday night
- ⊘ yesterday evening / last night

今天上午
- ⊗ today morning
- ⊘ this morning

今天下午
- ⊗ today morning
- ⊘ this afternoon

今天晚上
⊗ today night
⊘ this evening / tonight

明天上午
⊘ tomorrow morning

明天下午
⊘ tomorrow afternoon

明天晚上
⊘ tomorrow evening / tomorrow night

以下是說明時間的方法，下午六點該這麼說：

下午六點
⊗ six o'clock p.m.
⊘ six p.m. / six o'clock in the evening / six in the evening

許多人常犯的錯誤是把 o'clock 跟 a.m. 還有 p.m. 放在一起用，不管是數字後面加 a.m. / p.m.，或是數字後面加 o'clock 再依時間狀況加 in the morning, in the afternoon, at night，這兩種用法只能選擇一種。（另外，其實省略 o'clock 的 six in the evening 是最成熟的用法。）

那「年度」應該要怎麼說呢？

**2015**
⊗ two-zero-one-five
⊘ two-thousand-fifteen / twenty fifteen

一般來說，英語中說到「年度」時不會把數字個別拆開來念，而是拆成兩個以 10 為單位的數字，例如 2015 會拆成 20 跟 15 兩個數字，變成 twenty fifteen，1999 則是 nineteen ninety-nine。而碰到 2000 和 2009 這種分成兩個數字念會有點怪的則會當作一個數字，念成 two thousand 和 two thousand nine。）

不只是年度，另外像是公寓或飯店的房號，遇到四位數字也會把它們拆成兩組數字來念，例如 2011 號會念成 twenty eleven，2009 則會把 0 念成「歐」，變成 twenty o nine。（雖然 0 是 zero，但是因為長得像字母 O，所以會念成「歐」。）

## 使用中立的單字

有些英文單字含有歧視特定族群的意思，雖然大部分人是因無心之過而誤用，卻常常讓意思變得很負面。

我個人在進行商用英語工作坊時，常常會在開始時先問與會者「如何稱呼 18 歲以上的女性？」這個問題，而最常見的答案就是 lady，這是因為大家想到 ladies and gentleman（各位女士先生）的那個 lady。但是其實字典上的定義只是定義，我們要注意的是隱藏的含義，而這些含義通常是來自於歷史、文化、時代的影響。如果在字典上查 lady 的意思，通常一開始會出現下面的解釋：

**lady** *n.* 貴婦、熟女、女士、女性。（反義）**gentleman**

問題是在西方人的概念裡，lady 這個詞其實跟「大嬸」有點接近。單字本身沒有問題，問題是 18 歲以上的女性可以稱為「大嬸」嗎？而且這還不是一般的「大嬸」，通常都是在找麻煩的時候用的，語感近似「這位大嬸，我什麼時候插隊了？」這樣。（而且 lady 現在逐漸變成 old lady

的簡稱，有著「上了年紀的老太太」之意。）

　　當然，不是說 lady 就一定是「大嬸」，美國南部的紳士們還是會用 lady 來稱呼「小姐」，不過在面試的時候不需要用到有可能造成理解問題的字眼。最適合的單字是 woman。woman 這個單字本身就是在講「成年女性」，是最安全的說法，而所謂的安全，就是沒有歧視、沒有偏見或成見的意思。

　　也許有人會想，英語說得好就可以了，為什麼還要注意中立的表現？如果應試者用了面試官不喜歡的表現就會被扣分，那怎麼算公平呢？當然，筆者的想法是，既然是只看語言能力，那這種作法的確不公平，但是就像我在本書祕密篇中強調過的，評分者是誰、面試官是怎樣的人、評分基礎等等，這些是事前無法得知，現場也沒有辦法控制的問題。

　　某些面試官會把範圍擴大，當應試者用了不夠中立的字詞，就會在「字彙、語言、適當性」項目上被扣分，我個人並不 100% 同意把中立與否放進評分項目裡，但是以圓滑的溝通目的來看，這也不是沒有道理。另外，雖然少見，但是在某些不夠有體系的公司所進行的英語面試裡，是很有可能會把跟語言能力無關的要素也放進評分概念裡。

　　各位要知道的是，不管是英語面試或是鑑定人格與能力的母語面試，只要應試者的回答讓面試官不滿意，就一定會實際反映在分數上。如果是看人格與能力的母語面試問題更嚴重，真的會變成是致命的錯誤，因為應試者會被貼上思想偏狹、封閉的標籤。

## 使用「社會性正確」的單字

　　打從出生就接觸著同一個語言、歷史、背景、文化、飲食的人，即使彼此的年齡性別不同，經濟能力不同或出生地區不同，也可以不必透過

太多說明，甚至於用非語言式的表現就能了解彼此所要表達的。也許是因爲這樣，當應試者面對來自美國或加拿大這種多重文化背景國家的人時常會犯錯，就算非本意，有時候也會講出一些讓母語人士覺得帶有偏見的發言，而應試者本身因爲不是故意講那些帶有歧視意味的話，就會覺得面試官這樣的反應不公平。

在美國時，特別是在大學參與討論的時候，常會聽到一種說法，就是 politically correct（政治性正確），簡稱爲 PC。提到「政治」，大家可能會以爲那是在講政府的行爲，但是這裡的政治是指集團或組織內的利害關係，講成「社會性正確」大家可能更容易理解。

不管如何，PC 是非常重要的「生活哲學」。某次一名白人大學生喝醉酒，他在一名亞洲學生宿舍房門上掛的記事板寫下 Go home, Chink!（滾回家，中國鬼！），結果造成非常大的風波，最後那名白人學生被趕出了學校。同樣的，如果在大學校園裡隨便叫女學生 girl 的話，也是有可能會受到社會指責的。

不管在哪個國家，擁有平等開放的思考方式都是優點，帶有歧視的發言絕對不是好事，尤其對於重視人權及兩性平權的英語系國家來說，人生而平等的觀念更是深植在文化裡了。

本書 Strategy 3 中有稍微提過，在英語系國家的面試裡，如果面試官問了某些問題，搞不好是會直接上法庭的。也就是除了非常熟的關係之外，像是異性關係 (romantic relationship)、政治傾向 (political leanings)、年紀 (age)、人種 (race)、宗教 (religion)、性別 (gender)、外貌 (appearance) 這些敏感話題，能不要問就不要問，如果眞的要提到，就請用恰當的語言。

再回到面試的狀況來談，對於面試官會遠離或是小心應對的主題，應試者也要一樣的處理。在不過幾分鐘長的面試時間裡，應試者不管如何最好使用中立的語彙。

## 避免使用任何有可能帶有性別歧視的發言

我前面提到了 girl 這個字，各位知道問題出在哪兒嗎？仔細想想看的話問題其實很簡單，沒有一個自認為該被以成人看待的 woman 會喜歡被人家叫「小女孩」或是「少女」。這是來自於西方國家歷史上長久以來將女性視為二等公民的反抗，以及至今仍存在的歧視問題。澳洲和紐西蘭是 1890 年代，美國和英國則是到了 1920 年代女性才開始有投票權，即使有了參政權，女性長久以來也必須一直不斷地在各個領域爭取平等的權益。

我不是要探討社會與政治問題，會把這些背景點出來的原因是要提醒各位，在女性面前絕對不能做出帶有性別歧視意味的發言，尤其在西方國家女性面前更是如此。當然在男性面前也是一樣，這跟該男性是不是平權主義者無關，總之被人家認定你是會說出歧視性發言的人就絕對不是好事。所以拜託各位在英語面試的時候要特別注意，特別是各位男性請不要提到 Maxim、playboy 這類男性雜誌，或是賽車女郎、女偶像團體的舞蹈有多「性感」這些很熟的男性朋友間才會出現的低俗話題。

另外，一般人會用 beautiful（美麗），gorgeous（美麗動人）或 sexy（性感）這些形容詞來形容藝人，這其實在英語系國家是不常用的，英語面試的時候更不會讓這些詞彙有機會出現。雖然我一直強調要營造對話的氣氛，也請不要嘗試這種主題，不只因為這是一般社會上的概念跟禮貌，也因為面試官有可能把這個當作重要的評分基準。

## 謹慎使用跟外貌有關的形容詞

像 ugly 這種負面的形容詞絕對不要使用，另外像是「肥胖」、「矮」、「寬下巴」或是「禿頭」這些詞在面試時也是不能用的，就連「漂亮」跟「美麗」也是一樣，不管是正面或負面，只要跟外貌有關的詞就最好避免使用。

就算是講到自己的任何一個家人，也要避開外貌、身高和體重這些發言。當然如果是提到妹妹最近抱怨自己變胖然後在減肥這種可能跟問題有關的內容是無妨，不過如果覺得自己最近約會的對象太胖（特別是在有一點胖的面試官面前）、自己喜歡個子高的男生，或是漂亮的女生比較善良這些話一旦說出口，最後一定都會後悔。最好是完全省略所有跟外貌相關的用詞，當要形容自己的家人朋友或是熟人的時候，不要講外貌，把話題集中在個性才是正確的。

## 避免使用區別男性女性的詞彙

有一個跟醫生有關的故事是這樣的：一名年輕人跟他的父親出了一場重大車禍，父親當場死亡，兒子被送到醫院的急診室，結果趕到手術室的外科醫生一看到這個病患竟然喊出「這是我兒子啊」！

聽到醫生的話大家是不是很驚訝？其實大家從本節的主題應該就得到暗示了，也很容易可以知道這位醫生應該是這名年輕人的母親。值得探討的點在於，不管是在東西方國家，只要聽到外科醫生大多會聯想到男性，而這個故事的寓意就是，有很多偏見是深植在我們腦海中的。

近年來就連寫電子郵件都不會用 Dear Sirs 這種以男性為主的招呼語，而改成 Dear Sir or Madame、To Whom It May Concern，或是在 Dear 後面加上 Manager、Supervisor 這種職稱，目的就是要避免性別的區分。此外，在英語面試時也必須注意指稱用語的適當性。

黑人（在美國）

⊗ Negro

✓ African American

女性

⊗ girl

✓ woman

殘障人士（身體）

⊗ (physically) handicapped

✓ physically challenged

殘障人士（心理）

⊗ (mentally) handicapped

✓ mentally challenged

空服員

⊗ stewardess

✓ flight attendant

東方人

⊗ Oriental

✓ Asian

（公司）總裁

⊗ chairman

✓ chairperson

警察

⊗ policeman

✓ police officer

消防員

⊗ fireman

✓ firefighter

人類

⊗ mankind

✓ humanity/ humankind/
the human race/ people

## 禁止與性取向、宗教及人種相關的發言

　　筆者在就讀大學的時候，學校附近有一間叫 Denny's 的餐廳，那裡有位叫 John 的同性戀服務生和我們這群朋友裡的某個女生很要好，John 曾經從以前工作過的餐廳拿到十萬美金的鉅款。他是怎麼拿到這十萬美金的呢？其實是因為他控告餐廳歧視自己是同性戀，結果根本沒上法庭就和解了。

John 的故事就是這一節的重點，像這種法律上禁止的歧視，在日常生活中一定要注意，而在英語面試時也要注意這些西方社會裡的習慣。

宗教也是一樣，在英語面試現場要盡量對宗教保持中立的觀點。我不是指必須隱藏自己是基督徒或是佛教徒，而是指不能瞧不起其他的宗教，或是說其他宗教的思想是「錯誤的」。記住，平常不覺得重要或是視為理所當然的案例，很可能會讓你說的話被導向錯誤的方向，比方說你想說自己對恐怖分子的看法，這時很可能會提到穆斯林，若表達得不好，反而會帶給人你認為所有回教徒都是恐怖分子的難堪印象。

另外有許多與人種有關的刻板印象也很常見，例如只要是黑人就斷定人家喜歡饒舌歌；只要是阿拉伯人就斷定人家是回教徒；只要是白人就斷定人家是美國人，如此只會讓人覺得你很輕率，這跟只要是外科醫生就覺得會是男性的狀況是一樣的。

## ★ 不要心不在焉

這些年來在進行英語面試工作的時候，經常會看到一種我不能理解的態度，就是「心不在焉」。總是有幾個應試者會給人英語面試一點也不重要，甚至好像是在浪費時間的感覺，他們大概是想用這種事不關己的態度來隱藏自己內心的緊張跟焦躁吧。但是，如果你讓面試官有這種感覺，那分數是絕對不會好的。

### 隨便應付的態度只會得到隨便給的分數

有些應試者在回答時會讓人覺得他們心不在焉，特別是在他們舉例或列舉項目時，沒有把自己知道的全部說出來，而是在後面加個「等等」，這種說話方式不僅不適合用在以母語進行的人格能力面試，英語面試更是一定要避免，因為看起來很沒有誠意。比方說，用英語 etcetera（等等）

來結束一個句子。

⊗ **I like chocolate, cakes, ice cream, and etcetera.**
我喜歡巧克力、蛋糕、冰淇淋等等。

這個句子帶給人深深的不確定感。應該要在開始時先提到這些即將列舉的「種類」是什麼，然後在 like 之後再放列舉項目。（請參考 Strategy 1 的 Example：舉例說明）

**I like sweet things, like chocolate, cakes, and ice cream.**
我喜歡吃甜的，像是巧克力、蛋糕跟冰淇淋。

如果真的想要說「等等」，那就請用下面這個句型。雖然不是最好的方式，但是 things like that（那些東西）怎樣都比 etcetera 來的好。

**I like chocolate, cakes, ice cream, and things like that.**
我喜歡巧克力、蛋糕、冰淇淋那些東西。

## 不要跟面試官做意氣之爭

有時候還會遇到一種「要不然來分個勝負嘛」的應試者風格，主要是發生在有留學過的應試者，通常這些人的英語程度也都還不錯。例如有一次遇到一位應試者，聽完面試官的問題之後，他回問 Do I have to answer that?（我一定要回答嗎？），我很難忘記面試官的反應，他用低沉的聲音一個字一個字清楚的回答：

**Yes, you do.** 對，你要。

面試結束之後把評分細節轉給人事部的時候，面試官特別把這個應試者的態度做了標記，雖然他的面試分數很不錯，英語面試也不是在看人

格或能力，但是面試官認爲他應該要把這種沒有禮貌的狀況給記錄下來。總之，面試當天每個環節都一定要愼重以待，不要因爲現場沒有公司實務人員或是高階主管在場就掉以輕心。

## ★ 用形容詞更明確的說明

如果把說英語比喻成「做菜」，那形容詞就是「調味料」，有平時常用的鹽、胡椒、糖，也有隨著個人口味添加的咖哩、肉桂、紅椒粉這些異國香料 (spice)，即使是再平淡無味的食物，只要加入調味料就會變得美味，所以英文裡有 spice up（增加情趣）這樣的說法。

### 用形容詞來表現名詞的特徵

首先，神奇的形容詞會告訴我們隨著不同情境改變的名詞，其目前「狀況」如何。比方說，icy road（結冰的路）或是 bright day（明亮的日子），形容詞賦予了 road 和 day 更鮮明的意義。

另外，形容詞說明了名詞具有怎樣的特徵，像是大小、形狀、年紀、顏色、來源、材料、用途等等。比方說 building 只是個「建築物」，但是加上形容詞之後就不再是一樣的建築物了，它可能是 low building（矮的建築物）、old building（老的建築物），或者隨著材料的不同，也會有 glass building（玻璃建築物）和 concrete building（水泥建築物）的分別。Light 前面加上 traffic 的話就變成 traffic light（交通信號燈），若加上「顏色」形容詞就會變成 green light 或 red light。

形容詞也可以說明產地，比方說 Korean ginseng（高麗人蔘）和 Chinese ginseng（中國人蔘），或是 domestic car（國產車）和 foreign car（進口車）。

再以「筆」為例，加上表示價格的形容詞就會成為 cheap pen（便宜的筆）和 expensive pen（昂貴的筆）而有了差別。

Sound 也會隨著形容詞的不同成為完全不同的聲音，像 loud 這樣吵雜的聲音，或 humming 這樣的嗡嗡聲，也就是像冰箱可能會發出的聲音。

形容詞也可以表示「價值」，像是 important（重要的）、valuable（貴重的），還有表示「關鍵核心」的 key、core 等。

## 表示意見的時候要用有主觀感覺的形容詞

有些形容詞是脫離客觀概念，帶有主觀見解與個人情緒的（大部分的英文形容詞，包括 long, short, new, old, cheap, expensive，其實並不是 100% 客觀的），而這些形容詞才能真正表現出形容詞的奧妙。

Movie 前面可以加上 fun（有趣）、exciting（刺激）這些正面的形容詞，也可以加上 boring（無聊）、crude（殘忍）這種負面的形容詞。而新上市的智慧型手機設計可以用 cool（很酷）、nice（很棒）、dumb（笨拙）、silly（愚蠢）這些形容詞。

形容「人」的形容詞更是無窮無盡。對於人格個性有正面的形容詞如 nice（友善）、funny（有趣）、trustworthy（值得信任）、responsible（負責任）、passionate（熱情）、polite（有禮貌），也有負面的像是 rude（無禮）、overbearing（霸道）、moody（情緒化）、impatient（沒有耐心）、careless（粗心）等。另外也有像 handsome（英俊）、pretty（漂亮）、ugly（醜陋）、fat（肥胖）等形容詞是用在描述人的外貌，而 athletic（運動神經好）、intelligent（聰明）這些形容詞則用於形容人的體能或智力。

也許有些人會覺得 funny, rude, intelligent 這些特徵並不是真的那麼

主觀，但是就算有 99 個人同意，也可能有一個人反對，所以說我列出來的大部分形容詞都帶有個人的觀點。

比較也用形容詞比

接下來用 movie 這個主題來說明一下形容詞的比較級。首先是兩樣事物的比較，用「好笑」這個形容詞：

> It was a **really funny** movie. But I think the sequel was **funnier**.
> 那部電影真的很有趣，不過我覺得續集更有趣。

接著是最高級，用 best 來說，主題是電影《哈利波特》：

> The last one was **the best** Harry Potter movie.
> 最後的那部是最棒的哈利波特電影。

如果是要講相反意見，就將形容詞換成 worst 即可：

> The last one was **the worst** Harry Potter movie.
> 最後的那部是最糟的哈利波特電影。

除了 best 跟 worst 之外，這個句子裡連 Harry Potter 都變成形容詞。接下來我們用最高級來說說看「最○○的」電影：

> It was **the most** violent movie **I've ever seen**.
> 那是我看過的電影中最暴力的。

最後試試「最不○○的」電影：

> It was my **least favorite** Harry Potter movie.
> 那是我最不喜歡的哈利波特電影。

加上所有格的 my 之後，句子裡所有的單字幾乎都變成形容詞。

## 要分清楚 -ed 跟 -ing

在介紹完形容詞的各種功能後，接著要提醒各位在面試時常常會遇到的特定形容詞使用問題。這個問題既巧妙又棘手，所有學習英語的人都一定會遇到，那就是 -ed / -ing 這些分詞。舉個代表性的例子，比方說衛生紙吧，大家是否有注意過大賣場裡堆得像山一樣的衛生紙，有些上面印著英文標語 "embossing tissue"，這就是我們很熟知的「印花衛生紙」，也就是上面有印花的衛生紙。

大家知道哪裡有問題嗎？

沒錯，在動詞原型 emboss 後面加上 ing 的 embossing，意思並不是「印了花的」，而應該是「要印花的」。光從字面上的意思來看，這種衛生紙絕對不能用，因為上廁所的時候搞不好會在自己的敏感部位弄出印花。-ing 是在講「原因」，-ed 才是在講「結果」。

其實所有非英語系國家的人在學英語時，都很容易將 -ed / -ing 的用法搞混。所以面試的時候這一點很重要，只要避免了別人常犯的錯誤，你就能變得與眾不同。以下再以英語面試現場的情境來做說明：

**What do you like to do on the weekends?**
你週末喜歡做什麼？

假設你週末很無聊，不會做什麼特別的事，就是看看電視或是玩手機遊戲。於是開始回答：

**I am boring. So I watch TV, or I play games on my smartphone.**

乍看之下好像沒有什麼問題，但是 -ing 用錯了，這個句子變成是把自己定義成「無趣的」人，如同前面講過的，-ing 是在講「原因」，這個句子變成說話者讓別人很無聊，這種很基本的錯誤一定會影響分數。那就試著把句子改正看看：

**-ing 型（原因）**

「我是這種人」（我會讓人家覺得我是這樣的人）
**I'm boring.** 我很無趣。

「其他人跟事物是問題的原因」
**The book is boring.** 這本書很無趣。

**-ed 型（結果）**

「我這樣想，這樣覺得」
**I'm bored.** 我覺得很無聊。


再舉幾個例子。

**用 -ing 的句子**

| | |
|---|---|
| exciting | ⓧ I am exciting. 我很讓人興奮。 |
| | ✓ Baseball is exciting. 棒球很讓人興奮。 |
| interesting | ⓧ I am interesting. 我是有趣的人。 |
| | ✓ The movie is interesting. 這部電影很有趣。 |
| confusing | ⓧ I am confusing. 我很讓人困惑。 |
| | ✓ The question is confusing. 這個問題很讓人困惑。 |
| surprising | ⓧ I am surprising. 我很讓人驚訝。 |
| | ✓ The news is surprising. 這個新聞很讓人驚訝。 |

用 **-ed** 的句子

excited      ☑ I'm excited. 我很興奮。

interested   ☑ I'm interested. 我覺得很有趣。

confused     ☑ I'm confused. 我很困惑。

surprised    ☑ I'm surprised. 我很驚訝。

## ★ 基本文法很重要

在本書 Secret 2 裡面曾說過，流暢性比正確性重要，不過還是有一些基本文法是一定要遵守的，既然是基本的文法當然簡單，不需要害怕。只要能持續反覆的練習，就可以漸漸減少錯誤，提高句子的完成度。

### 主詞／動詞的一致性是基礎中的基礎

**I like slow music.** 我喜歡緩慢的音樂。

以上這個句子的結構簡單而且正確。接著試試「他們很幸福。」這個句子。

**They is happy.**

很簡單，但是一看就知道錯了，因為主詞是複數卻用了單數的動詞。這種句子用看的很清楚，但是真的有不少應試者在實際用講的時候會犯這種很荒謬的基礎文法錯誤。

會滑雪的人就知道，從坡道往下滑的時候，想轉什麼方向就要那隻手撐一下滑雪桿，而坐在溫暖的房間裡，一邊看著影像一邊在地板上模擬動作的時候應該都很簡單吧！但是當你在滑雪場裡正用著極快的速度往

下滑時就會發現，明明要往溪谷方向轉，但你卻往往不由自主的撐了往山方向的那隻手。

講英語雖然是動口，跟動身體的滑雪不同，不過英語面試的時候就是會有應試者把基本動作給忘了，結果就是講出 They is happy. 這種很荒謬的文法錯誤。這就是基礎訓練不夠的結果。只要反覆訓練到滾瓜爛熟為止，就可以把撐滑雪桿的動作變成身體自然的反射動作，英語也同樣只要透過持續的練習，They 後面就會反射性地加上 are，基礎文法就是要能訓練到這種程度才行。

滑雪場每個滑道都有分級，綠色圓圈的是初級、藍色方塊的是中級、黑色鑽石的是高級，如果你的實力沒有辦法在高速滑道上發揮，那別提高級滑道了，你大概連中級滑道都很難順利滑下來。同樣的道理，只有初級英語實力的人是拿不到企業或團體想要的英語分數的。就像要能順利滑下中級滑道的人才能說「我會滑雪」一般，最少要能順暢的講出正確的主詞／動詞結構，才不至於用滾的滑下英語面試這個陡峭的滑道。切記，反覆的訓練是絕對必要的！

## 光是代名詞用對了就能讓英語聽起來很流利

下面是幾個真的很常用、很基本的人稱代名詞。

**He　　　she　　　him　　　her**

看到眼前排列的這幾個區分男女的人稱代名詞時，你可能會想「我怎麼可能會搞混這麼簡單的文法？」，但是現實是不同的，因為這不是你每天在用的單字，不會每天用就不可能成為反射動作，不是反射動作就有可能會搞混。實際上也真的有比想像多的應試者明明懂卻會不小心搞錯，當然大部分在當下會馬上就改正。（面試過程中主動改正是正確的態度）

不過重點是分數。換句話說，只要你能完全避開別人常犯的錯誤，那跟別人比較起來，你就站在一個非常有利的位置，因爲只要能正確使用 he 跟 she，你的英語聽起來就會意外的流暢。比方說，說完 My mother doesn't work.（我媽媽沒有在工作。）之後講 He stays at home.（他待在家。）的話，英語實力馬上會被看成只有初級，如果是講 She stays at home. 的話，至少不會讓人一開始就覺得你的實力很差。如果說主詞／動詞的一致性是基本，那能正確的使用代名詞就表示你的實力已經超過基本了。

## 拋棄無條件使用冠詞的習慣

偶爾會見到不管在什麼名詞前面都愛加 the 的應試者，甚至是英語實力很不錯的應試者，也偶爾會在奇怪的地方加上 the。比方說在學校吃午餐說成 I eat the lunch at school.，可是這個句子不是在講什麼特定飲食，所以不需要在午餐前面加上定冠詞 the。

從大範圍來看，不定冠詞 a（或是 an）跟定冠詞 the 的差別很簡單，就是不管在什麼地方都可以見到的東西就用 a / an，有特定、限定或指定的東西就用 the。例如，一般的「蘋果」是 an apple，不過那張桌子上的「那個蘋果」就會是 the apple。

> **That is an apple.** 那是蘋果。
>
> **The apple on the desk there is mine.**
> 那張桌子上的蘋果是我的。

還有，當說話者跟聽者說的東西只有一個的時候要用 the，舉例來說，如果房間裡只有一扇門，就會是 the door 而不是 a door；如果在討論的問題是一個的話，前面也要加 the。

> Could you close **the** door? 可以請你關門嗎？
> Let's talk about **the** problem. 讓我們來討論一下問題。

或是當對話中提及的名詞前面已經出現過的話也用 the。

> My mother gave me **an** apple in the morning.
> And I ate **the** apple during lunch.
> 我媽媽早上給了我一顆蘋果。我午餐的時候吃掉了。

也有一些專有名詞前面是一定要加 the。

> **the Blue House** 青瓦台（韓國總統府）
> **the United Nations** 聯合國
> **the FBI** 美國聯邦調查局
> **the U.S.** 美國
> **the Pacific Ocean** 太平洋

而 School, home, work 這些一般名詞前面通常不加 the。

> **I'm going to school.** 我正要去學校。
> **I usually go home late.** 我通常很晚回家。
> **My elder brother is at work.** 我哥哥在公司。

其實 the 的用法的確是要學習英語很久了才能駕輕就熟，所以即使犯錯也不必太擔心，但是一定要拋棄什麼名詞前面都加 the 的習慣。

### 不要搞混名詞和形容詞

我遇過一個應試者這樣說：

**I am silence.**

我想他應該是想講自己的個性「是個很安靜的人」吧，但是 silence 是個名詞，要用的話應該是用形容詞 silent 吧（不過在此句中用 quiet 比 silent 恰當）。這個應試者可能是誤用了表達「我是男生」的 I am a boy 這種句型。總之每個字彙的詞性也是基本，所以請至少分清楚常用的名詞跟形容詞。

### 懂得用假設句的話表現會更優秀

不管是用什麼語言，問題中出現假設並要描寫一個沒有發生的事情時，都是高水準的問題。我設計英語面試時，如果要包括一個用 if 開始的問題，通常都會考慮到難度而放到最後才問。舉個假設句的例子：

**If you won the lottery, what would you do with the money?**
如果你中樂透的話，你會怎樣花這些錢？

這個問題不是英語初學者可以順暢回答的，要有一定的英語實力才能答出有說服力的通順答案。我把問題裡的 would 加粗是要提醒各位，假設句的問題要用 I would 來開始回答才行。舉個例：

**I would put most of the money in the bank. Then I would ....**
我的話會把大部分的錢都放進銀行，然後我會……。

would 後面要用原型動詞。只要記住這個然後多加練習的話，就算是遇到假設句的問題也可以輕鬆地說出好答案。

## 大方的使用連接詞吧

這一點不是基本，比較像是加分。只要能好好使用 Strategy 1: Linking 部分出現的連接詞將句子好好連結，就可以在 unity（一致性）和 cohesion（凝聚性）項目裡拿到高分，因為聽起來會很順暢。

再強調一次，請大方地使用連接詞五兄弟 and-so-but-because-or 以及 then、after that 這些能讓對話變順暢、現場感覺更活潑的副詞，讓自己的英語表達更上一層樓。

**Baby, what you see is what you get.**

Britney Spears

——

寶貝，你看到的就是你得到的。
小甜甜布蘭妮

# 活用聲調
# 及肢體語言

Use your voice and body language to your advantage.

## 盡量利用對話的優點

根據專家的說法，與人面對面溝通時，用來判斷對方的要素中，聲音與視覺要素的影響超過 90%。也就是說，對話內容的影響可能不到 10%，可見聽覺與視覺的影響有多大。

〈影響對方的溝通要素〉

第一種是「嘖嘖」聲，也就是嘴巴裡面太乾時會發出的聲音，這種聲音是不至於讓你被扣分，只是會顯露出你有多麼緊張，而會緊張就表示你不夠有自信，讓人發現你沒有自信就不是好事。這種聲音如果被自己聽到的話，還會造成自信心衰落的惡性循環，所以可以的話，開始面試之前最好多喝點水。

另外一種是咬著牙吸空氣的「嘶嘶」聲，一般人大部分是覺得難堪的時候會發出這種聲音。這種聲音跟喝湯的聲音一樣，是西方人士不喜歡聽到的聲音，雖然跟嘖嘖聲一樣不至於讓你被扣分，不過這等於是在告訴人家你不知道這種聲音很沒禮貌，換句話說，你是不了解文化和語言關係有多麼緊密的「初學者」。

### 要摸在家裡摸

看到這個標題你可能會嚇一跳，不會這一點真的很重要。偶爾會有人的手一直往臉跟頭那邊跑，這種一直摸頭摸臉或是把手指放在鼻子或嘴巴上的動作很奇怪，就算這些動作不會讓你被扣分，但是面試時給人的印象真的很重要，不是嗎？

## ★ 表情一定要開朗

「我很高興能來到這裡，也很高興見到你。」

沒有面試官會討厭帶著這種表情的應試者，這就是 Secret 3〈偏好西式風格〉中介紹過的理想態度，而這種態度是表現在臉部，也就是表情上的。眼睛和嘴角都帶著笑，整張臉是亮的，這種表情就是「開朗的」、充滿期待感跟自信感的表情。但是請注意表情一定要看起來誠懇而自然，做起來可能不容易，不過只要你的表情開朗，面試官的表情與心情也會跟著開朗，得到高分的機會就會變高。

那開朗表情的相反是怎樣的表情呢？就是什麼感覺都沒有的面無表情。人有模仿對方表情的習性，所以你面無表情，對方也會面無表情。此外，心情也是會隨著表情變化的，雖然一開始會不太習慣，但是請試著在鏡子前面練習開朗的表情吧，這是很有幫助的。

### 要有自信才會開朗

自信感 (confidence) 是很難量化、也不能量化的一個要素。雖然自信感沒有辦法換算成分數，但是就像 Strategy 3 裡提到過的，自信感與「流暢性」有非常密切的關係。

那該怎樣才能提高自信感呢？韓國冰上女王金妍兒有一次被問到在比賽前是怎麼解決緊張問題的，她回答「準備充分的話就不會緊張，會緊張是因為知道自己準備不足」，也就是說要提高自信只能靠練習。面試也是一樣，練習得愈多就愈能展現出自信開朗的表情，進而讓面試官的心也為你敞開。

## ★ 眼睛是靈魂之窗

許多東方人不太習慣跟別人四目相交，也許是受到儒家傳統禮教的影響，認為跟長輩說話時看著對方眼睛會被視為沒有禮貌。不過現在即使是用母語進行的面試也非常注重眼神交流，尤其是應徵業務和服務工作更是如此。畢竟百貨公司跟餐廳的服務人員必須直視客人的眼睛並且微笑友善地跟他們對話，有些家庭餐廳的服務人員還可能會蹲坐著以與顧客視線平行。

在英語系國家更是如此，與人視線接觸這回事是不分長幼上下或職務地位高低的，若遇到有人刻意避開視線的話，絕對不會覺得他是謙虛，反而會懷疑他在隱瞞些什麼。所以記得進入面試室時眼神就要跟面試官

接觸，這樣對話過程才會顯得自然。

## 眼睛也要笑

視線接觸的時候不要用瞪的，眼睛要帶笑才會自然。有些應試者就算嘴角是笑的，眼睛卻完全看不出來笑意，各位可以試著想像我在說哪種表情。未來趨勢學者丹尼爾・品客 (Daniel H. Pink) 在《未來在等待的人才》(*A Whole New Mind*) 裡這樣講到「眼睛」。

**In other words, to detect a fake smile, look at the eyes.**
換句話說，要檢驗微笑的真假，就看眼睛吧。

為了證明自己的說法，品客甚至在書裡面放上兩張自己的照片，叫讀者猜哪一個是真正的微笑，答案不難猜，因為品客已經告訴大家真正的微笑，看眼睛就知道。眼睛會變比較細，眼睛下面的肌肉會稍微提高，眉毛會跟著稍微往下。現在就對著鏡子或是手機鏡面笑一個看看吧，當你腦子裡想著好吃的飲食、自己的興趣或是男女朋友時，這個眼神就是要讓面試官看到的眼神。

## 眼睛不要往一邊轉

有些應試者在回想事情或是努力在想英語要怎麼說的時候，眼睛會轉到一邊，這個動作應試者自己沒有感覺，面試官卻會看得很清楚。這就跟其他壞習慣一樣，是在告訴對方你的英文只有初學者水準。如果你在錄影片段看到，或是「觀眾」告訴你有這種習慣動作的話，就一定要不斷地練習去克服，因為這是一個自己覺得無妨，卻會給對方負面印象的動作。

有少數的應試者還會轉眼球，或是突然把眼睛睜得很大，這種行為會讓人覺得你好像是想要避開別人的視線。此外還要提醒各位，請把瞳孔

固定在面試官的身上，同時要小心別讓焦距模糊而呈現放空的狀態，因為這會讓人感覺你很疲倦或是心有旁騖。

## ★ 聲音也要有感情

本章一開始有提到，在傳達自己的心情或意見時，聲音的效果占了三分之一，所以聲音也非常重要。天生的好聲音當然有幫助，不過所謂的「好」聲音其實還受到語調、強調、重音、速度、明確性等要素所影響，而這些要素是可以訓練的。

### 像機器人的聲音太沒有感情

機器人的聲音也是有在進步的。七〇年代以前的科幻片中出現的機器人或電腦的聲音，幾乎是毫無任何變化的機器音，然而到了現代，機器人或電腦也開始會發出有魅力的說話聲音，就連機器音都開始有了高低起伏和氣質。但是很莫名其妙的是，有些應試者明明是跟面試官面對面在講話，他們發出的聲音居然跟以前的機器人一樣不帶任何感情。

聲音感情的祕密在於「熱情」，我在前面的章節講過「誇張」這件事，就像 Fantastic! Wow! Oh, I love it 這些字彙表現一樣，聲音也需要適度的誇張，只不過必須小心拿捏，如果過於誇張，反而會讓人家感覺到虛假又造作。

### 不能沒有原因的大聲講話

有些應試者在回答的時候，會用好像耳背的老爺爺在講話似的音量，這麼宏亮的聲音除了是 Secret 5 講過的「報告風格」之外，還有一個更本質的問題。這跟前面講到的「釣魚」手勢有點像，當你太用力說話的時候，就算不是在背答案聽起來也像是在背。

## ★ 比起發音，SIR 更重要

美劇 The Big Bang Theory 裡面有一個從印度來的留學生 Raj，他所說的英文有很重的印度口音，但是神奇的是，劇中所有人物都聽得懂他說的話，美國觀眾當然也是一樣。然而有些人說的英文沒有明顯的口音，但很多英語系國家的人卻聽不懂，為什麼呢？

其實是因為英語除了發音之外，重音 (stress)、語調 (intonation) 還有節奏 (rhythm) 也很重要。我取這三個單字的第一個字母稱它們為 SIR 吧，講英語的時候要注重 SIR，母語人士才聽得懂你在講什麼。接著讓我們看一下 SIR 的細節。

### Stress：重音是英語的一部分

首先是重音，英語中單字的音節以及句子中特定單字是一定要加重音的。我想 Raj 在印度學英語的時候就很自然的知道了這個重點，所以就算 Raj 的發音不是很美式，重音的部分跟美國人並沒有什麼差別。

我在 Strategy 6 舉過 ubiquitous 這個例子，如果在美國跟人家講 [ju-bɪ-kwə-təs] 不會有人聽得懂，因為沒有加重音，美國人就不可能聽懂。英文單字對於重音的位置沒有一定的規則，必須多聽幾次單字才會知道重音應該放在哪裡。因此一定要好好活用網路跟智慧型手機的字典，找到 ubiquitous 這個字聽聽看，這個字的重音是放在 [ju`bɪkwətəs] 的 bi 上面，只要多練習，英語國家的人就聽得懂。

不過，英文句子中重音的位置就有規則可依循了。首先，重音會放在名詞、動詞、形容詞、副詞這些 content word（內容詞）上。而介系詞、代名詞、冠詞、連接詞、助動詞這些 structure word（結構詞）就不會放重音。

不過我們講話時常常會忘記這個規則，所以建議大家平時盡量多看美劇、英語節目或新聞，讓自己置身於這些「邊聽邊看」的英語環境裡是最有幫助的，另外邊聽邊看英語原文書也會很有效果。總之，多看多聽多模仿，最好還能錄下自己的聲音來做比較，這是讓自己熟悉重音的好方法。

### Intonation：要有上有下

Intonation 是「語調」的意思，語言學裡另外還有很多含義，這裡就簡單講解一下。

面試裡會出現兩種問題，一種是 yes-no 問題，句子的最後音調要往上，例如：Do you want me to start?（可以開始了嗎？）還有一種是 who, what, when, why, where, how 的 Wh- 問題（也稱為 5W+1H 問題），句子的最後音調要往下。但是如果你是在重新確認問題，或是完全不知道要怎麼回答的話，句子的最後音調就要往上，比方說 What is the second question?（第二個問題是什麼？）

不過比起提問，回答問題才是應試者的角色，所以大家要記住，語調最好能保持在「中音」。試想，不同的人問你要不要吃披薩，你的回答和反應會一樣嗎？當你專注在打電動而媽媽一直追問時回答的「好」，跟心儀的對象問你要不要去約會時回答的「好」就不會一樣。我前面說過，面試就好像是友善的約會，用開朗的表情帶著自信回答的時候，語調自然就會變得友善。

### Rhythm：英語就是歌曲

語言是有節奏的，英語聽起來像是歌曲的原因，就在於重音與節奏。一般講到英語，大家就會想到字母和單字，不過其實英語裡更重要的是「聲音」。也就是說，單字固然重要，但是在傳達語意時，將單字組成句

子後所呈現出來的聲音更重要。聽英語流行樂的時候可以很清楚地聽出母語人士的重音跟節奏，尤其是七〇和八〇年代的流行音樂更是明顯，多聽、多跟著唱也會讓英語實力不知不覺中變得更好。

## ★ 發音，改掉這些就好

雖然前面說過英語裡 SIR 比「發音」重要，但是不好的發音習慣會影響溝通，也會讓面試官分心，所以還是要改善，因為發音的錯誤會讓應試者看起來像是英語初學者。

說到發音，因受到中文（日文／韓文也不例外）母語的影響，在學習英語發音時，不免會有「母語中沒有這樣的發音規則，導致英語發音也發不出來」的窘境。因此想要精進自己的英語發音，最好的方式就是多聽母語人士講話，比方說聽廣播（BBC 一英國口音／ VOA 一美國口音）或各式教學雜誌等，進而「模仿」其發音及表達方式。

其實英語的發音與表達方式也並非無跡可循，通常每個單字（或字詞）的發音要精確，可由以下四個面向來討論：

### 【面向 1】字的重音 (Word stress)

英文母語人士會很自然地在字的正確之處加強重音，若外語學習者沒有在英文字的正確位置加強重音的話，可能會導致母語人士聽不懂、難以了解說話者所要表達之意。而要了解單字的重音，首先必須先討論「音節」(Syllables)。音節就是發音的最小單位，包括一個母音再加上子音（也有可能沒有子音）所組成的小單位。每個字都是由「音節」組成的，有些字僅有一個音節，有些可能會有兩個或三個以上的音節，請看以下例子：

| 單字 | 音節 | 音節數 |
|---|---|---|
| hat | hat | 1 |
| mad | mad | 1 |
| pen | pen | 1 |
| table | ta-ble | 2 |
| center | cen-ter | 2 |
| Sunday | sun-day | 2 |
| family | fa-mi-ly | 3 |
| expensive | ex-pen-sive | 3 |
| innovation | in-no-va-tion | 4 |
| impersonal | im-per-so-nal | 4 |

在了解音節之後，就是要在正確的音節上加強重音了。通常一個字僅有一個重音，且重音處都會包含一個母音，而在需加強重音之處發音時自然會大聲一些，非重音之處發音則會弱化、輕聲帶過或甚至不發出聲音。以下舉 economy/ economics / economical 這組字為例：

| 單字 | 重音 | 中文意思 |
|---|---|---|
| economy | e-**CO**-no-my | *n.* 經濟 |
| economics | e-co-**NO**-mic-s | *n.* 經濟學 |
| economical | e-co-**NO**-mi-cal | *adj.* 經濟的 |

由這個例子可看出，一個單字根據詞性變化會有不同的意思，重音也會落在不同之處。現在坊間（或網路上）的許多英語教材不但有學習內容 (transcript)，也會附語音檔，平時在利用這些資訊練習時，可以仔細聽母

語人士是將重音放在哪個音節上的，然後在單字中標記出來，如此持續地聆聽和模仿，久而久之便會建立起英語特有的「自然的韻律感」。透過自然的學習方式來接收這種重音的韻律感，比死記硬背發音規則來得有趣又有效多了。

傳統學習發音的方式，就是老師硬是列出數十條發音規則，然後說聽力考試會考哪個重音，背起來就對了。再者，幾乎每條發音規則又都有「例外」，不免又要死記那些例外的狀況，到頭來全都搞混了……，如此無效的學習方式無限循環，學習興趣當然會被消磨殆盡。

因此，我再強調一次，唯有透過每日不斷地聆聽及模仿母語人士的發音，如此長期地累積實力，才有可能同時達到精進英語發音及加強聽力的目的。

## 【面向 2】連音 (Linking)

母語人士在講話時不可能是一個單字一個單字地逐字說出來，而是有快有慢、需加強的音以重音強調，有些音則會連在一起很快地帶過。要聽懂母語人士的意思並與他們暢談無礙，便要了解他們在講話時有哪些地方是做「連音」處理了。一般來說，連音會發生在：

**a)**「子音尾 + 母音頭」之處，舉例來說：come on 會被說成 co-mon；get on 會被說成 ge-ton。再舉一個句子為例：

> 寫成：I would like to have a cup of coffee. 我想來杯咖啡。
> 說成：I'd like-ta hav-a-cupaf-coffee.

**b)**「母音尾 + 母音頭」之處，比方說：she is 會被說成 she-s（其中 e-i 相連了）或 go out 會被說成 go-ut 等。

相同地，這些英文連音並非數學物理，沒有所謂的「標準答案」可以背，而應是「活用的、自然的」。因此還是必須藉由多聽母語人士的連音方式並加以不斷地揣摩，如此才能讓連音技巧自然地內化，變成自己說話的一部分。

## 【面向 3】同音異義字 (Homophones)

就像中文有許多同音異義字一樣，英文也不例外，有很多發音相同（或類似）但意思不同之字，比方說：

**ball** [bɔl] *n.* 球；球體

Children enjoy playing balls.

小孩都喜歡玩球。

**bawl** [bɔl] *v.* 大喊；放聲大叫

The two kids were bawling at each other.

那兩個小孩對彼此大叫。

**principal** [ˈprɪnsəpl] *n.* 校長

The teacher sent me to the principal's office.

老師要我去校長室。

**principle** [ˈprɪnsəpl] *n.* 原則

We follow the principle that everyone is treated equally.

我們會遵照公平對待每個人的原則。

**manner** [ˈmænɚ] *n.* 舉止；禮貌

Jack had impeccable manners.

傑克有完美的舉止。

**manor** [ˈmænɚ] *n.* 莊園；宅第

Two robbers broke into the manor at night.

兩個強盜趁晚上闖入莊園中。

**done** [dʌn] *adj.* 已完成的

Are you done with your projects?

你的專案都完成了嗎？

**dun** [dʌn] *v.* 討債；催討

His job is to dun people for payment of their bills.

他的工作是向人催討帳款債務。


**rest** [rɛst] *v.* 休息

I rested my eyes before working on the computer.

要開始開電腦工作前我先讓眼睛休息一下。

**wrest** [rɛst] *v.* 扭；擰

The officer wrested the gun from his fist.

警官從他手中將槍搶過來。


在對話中要正確分辨這些字的發音、意思和使用的情境，必須透過語句前後文 (context) 的語意來幫助了解。

## 【面向 4】對小音對 (Minimal Pairs)

這種字是指一組英文單字當中的音韻元素僅有一處相異，且兩個字為不同意思。這樣的字因為發音會很接近，因此在對話中使用時若不清楚地將差異呈現出來，很容易導致聽者會錯意。以下請看幾個例子：


**paint** [pent] *v.* 刷油漆

They painted the walls white.

他們將牆壁漆成白色。

**faint** [fent] *v.* 昏倒

She fainted on knowing the bad news.

她知道壞消息之後便昏厥了。

**boom** [bum] *v.* 暴漲；興旺

Business is booming since we expanded our product lines.

我們拓展產品線之後生意就變好了。

**zoom** [zum] *v.* 猛增；躍升

The sports car zoomed past us.

那輛跑車從我們身旁呼嘯而過。

**punch** [pʌntʃ] *v.* 力擊；拳打

Jack punched Kevin on the face.

傑克在凱文臉上揍了一拳。

**lunch** [lʌntʃ] *n.* 午餐

We ate lunch on the train.

我們在火車上吃午餐。

**dawn** [dɔn] *n.* 開端；黎明

She gets up at dawn.

她清晨便起床了。

**yawn** [jɔn] *v.* 打哈欠

The baby yawned and fell asleep.

那嬰兒打了個哈欠便睡著了。

**peel** [pil] *v.* 剝皮；脫落

The boy peeled the bark from a tree.

那男孩拔樹木的樹皮。

**seal** [sil] *v.* 密封

Please seal this envelop.

請將此信封封起來。

由這些例子可看出，即便是一個微小的發音之處都可能會造成意思不同，或成為聽者能否了解意思的關鍵。因此在口語表達時，處理「重音、連音、發音相同卻意思不同之字」與「最小音對接近之字」的技巧上務必熟練且自然，才能在對話中讓母語人士聽得清楚明白，溝通順暢無礙。

除了以上提到的這些英語發音重點之外，在英語面試時還有一些口語表達的小細節若能注意到，對於獲取高分將很有幫助。例如：

## 英語發音不是都要捲舌

有些應試者講話的時候會好像喝醉了一樣拚命捲舌，這種發音在「發音」這個評分項目裡是得不到高分的。所謂好的「發音」是來自於重音、語調跟節奏的良好配合。

## 就算 pizza 有斷音，summer 也要連音

Strategy 3 裡提到過 Anna 這個名字，這裡再用它來說明一次，Anna 這個名字不只是英語系國家，許多國家都很常見，托爾斯泰也有一部作品叫 Anna Karenina，翻譯名稱就是「安娜‧卡列妮娜」，我再強調一次，英語發音裡的 Anna 不是「安娜」，an 跟 na 不會分開念，而是很順地連在一起念成 [ˈænə]。也就是說英語中不會把雙重子音 (double consonant) 分開來念，而英語中會把雙重子音分開來念的單字，我現在只想得到 pizza 這個字，可見有多不常見。想想看，funny [ˈfʌnɪ] 跟 sunny[ˈsʌnɪ] 不也是一樣嗎？另外來看幾個常見的雙重子音單字。

> **雙重子音的發音**
> Hanna [ˈhænə] (X [ˈhænnə])　　Jimmy [ˈdʒɪmɪ] (X [ˈdʒɪmmɪ])
> Summer [ˈsʌmə] (X [ˈsʌmmə])　　running [ˈrʌnɪŋ] (X [ˈrʌnnɪŋ])

另外還有 d 跟 g 這兩個子音，放在一起的時候有些人也會斷開，這邊也是一樣要很順的連在一起。比方說下面的單字：

> **將子音連在一起念**
> bridge [brɪdʒ] (✗ [brɪddʒ])  fudge [fʌdʒ] (✗ [fʌddʒ])
> lodging [ˈladʒɪŋ] (✗ [ˈladdʒɪŋ])  budge [bʌdʒ] (✗ [bʌddʒ])

## 單字愈是簡單，發音就愈要正確

英文單字要用聲音來記，把自己的聲音錄起來聽，然後跟字典做比較，這樣反覆地練習就能把單字變成自己的。特別是除了多音節單字之外，平時很常接觸到的單音節單字一定要練習到發音正確為止。

## 跟字典變成好朋友

講到發音就會沒完沒了，基本上想要讓發音變得跟母語人士一樣是不可能的，所以至少要能做到讓母語人士聽得懂，而最好的方法就是線上字典。

智慧型手機是最方便上線的工具，也是大家學英文時的好幫手，因為線上字典不但可以查單字的意思、聽母語人士的發音，更可以不斷的重複，真的非常方便又好用。每當看到或想到自己知道的單字時就上線聽一下單字的正確發音吧！只要反覆地練習，不知不覺中正確的發音就會很自然地脫口而出。

祕密紅利

# 用策略在團體面試中
# 突顯自己

應試者在面試當天除了英語面試之外，還要面對人格能力面試、性向測驗等關卡，緊張了一整天之後，真的會感到筋疲力盡。

英語面試就是在這樣的狀況下進行的，也因此應試者會不自覺地跟著團體面試的氣氛走，如果團體氣氛高昂，應試者的態度就會連帶變得很積極，如果團體氣氛凝重，應試者就會接連答出很無趣的答案。一般人即使是在日常生活裡，也會受到周圍其他人的「能量」所影響，更別提在緊張一整天之後進行的英語面試，應試者會感染到團體的心情、陷入團體思考情境裡也是在所難免。

就應試者的立場來看，以四人甚至六人一組進行的團體面試不但很難公平，也非常沒有效率，但是我在祕密篇裡說過，很多企業就是為了要「比較」而採取團體面試的做法。也因此，如果應試者想要發揮自己真正的實力，就絕對不要被團體的氣氛所影響，在此提供大家三個代表性的應對策略。

## 【策略一】不要被凝重的氣氛給動搖

有些應試者在緊湊的面試行程中感到疲倦，也有些是因為「英語恐懼症」而緊張，當團體面試出現這種人的時候，氣氛就會特別凝重。當你被分到這樣的小組時要特別注意，

就算前一個應試者樣子很疲憊、回答得很沒有誠意，你也千萬不要延續
那樣的氣氛。

　　我曾遇到一個狀況，有位應試者不知道是不是已經放棄了當天的面
試，自暴自棄地隨便亂說話，結果同組其他的應試者也跟著失去了認真
的態度，開始開玩笑似地嬉笑，因此接下來的面試就在一些不好笑的笑
話中進行，搞得面試官很尷尬。

　　這種狀況並不常見，但是有實際發生過，而很多人會不自覺地順著團
體的氣氛講話。遇到這樣的狀況時更要打起精神，不管是怎樣的團體都
會有個「平均水準」，而在過於凝重或是不夠認真的氣氛之下，這個團體
的平均水準就一定只會下降，應試者也發揮不出原本應有的英語實力。
所以提醒各位，就算面試現場氣氛凝重或是不夠認真也不要放鬆，一定
要發揮出之前熟練並反覆練習過的策略。

## 【策略二】順著融洽的氣氛積極行動

　　接著要講的不是「壞的」氣氛而是「好的」氣氛。同組的應試者都很
有精神，有幾個人英語講得很好，個性也很開朗，整體來說就是很融洽。
能處於這種氣氛的應試者是很幸運的，況且人是會受氣氛影響，也會感
染到團體情緒並跟著「學習」的動物，因此「跟著氣氛走」就對了。

　　但是要注意，千萬不要在這種活潑的氣氛中開始學起其他應試者的回

答方式、口氣，甚至是答案。就算前一個應試者的回答得到面試官很好的反應，但不能保證你也可以，特別是當你的回答跟前一個應試者很類似，面試官就會開始比較。如果你答得沒有前一個好就會被扣分，即使你答的比前者還要好，但只要差異不大，也很難不被人家看成是在模仿（copycat）。

## 【策略三】如果你的答案被前一個人講了，就反過來利用這種狀況

接著要講的不是氣氛，而是應試者有可能會遇到的狀況。團體面試中有時會連續問幾個類似的問題，若前一個應試者把你心裡想好的答案給講了出來該怎麼辦？其實只要應試者不是故意要當 copycat，面試官也會很直覺地知道，不過如果能給面試官一個明確的表示會更好，也就是先點出你的回答裡跟前一個回答者類似的內容、特定要素或是答辯方式，然後再開始回答。如果能好好利用這種狀況，反而能讓答案聽起來更優秀。記住下面的三種句型，練習到能自然使用為止。

> **I also believe people should be more open.**
> 我也相信人應該要更心胸開放。

I also 開始的句子是很單刀直入的，所以最好記也最簡單。講完這句話之後，就接著說明跟前一個應試者不太一樣的地方，或是加一兩個新的要素進去。接下來是跟 I also 語感很像的 like he（或是 she），然後接著「主詞＋動詞」。

> **Like he mentioned, money is really important.**
> 就像他說的，錢很重要。

接著這個句型更洗鍊一點。

**It's interesting that he mentioned** Maokong Gondola.
很有趣他提到貓空纜車。

　　這個句型除了代表前一個應試者跟自己的意見相似之外，還帶有「他提到這件事反而讓我更容易回答」的感覺。所以如果前一個應試者把自己想說的答案給說出來了，也不要勉強講一些自己不想說的。先用剛剛這三個句型來正面突破，然後再開始說自己原本想說的話，反而會比較安全。

後記

# 個性來自個人獨有的故事

我從事英語顧問的工作，工作內容很廣，除了英語面試之外，也包括企業的英語訓練課程、商業英語技巧工作坊、補習班英語課程設計，以及英語網頁設計等等，偶爾也會擔任個人的英語顧問。曾經有個準備念美國研究所的人請我當他的個人顧問，而在跟我討論個人小論文和面試內容的時候，他曾經有感而發地說：人生真的沒有好好過！

其實這不是我第一次聽到這句話，特別是在幫忙準備這些資料的時候。很多人從小用功念書，累積了適當的學經歷，甚至也進了很好的公司工作，但是要準備申請英語國家名校的研究所時，才發現自己沒有值得一提的特徵──既沒有在落後地區當過義工，也沒有得過什麼國際大獎。

大家可能會好奇我為什麼要在講英語面試的書裡提到這些事，其實我是想告訴大家「你並不是沒有好好過人生」。有些讀者大概讀這本書的時候也會覺得自己是個沒有特色的普通人，我想請大家再重新反思一下。

所謂的獨特性 (uniqueness) 並不是什麼特別的經驗，也不是有什麼華麗的履歷。其實它可以是自己獨有的見解、觀點與價值觀，也可以是不怎麼特立獨行，但卻有點特別的經驗。問題是很多人妄自菲薄的認為自己沒有特色，或自己的經驗太平凡別人應該不會有興趣。

對韓國非常熟悉的資深記者麥可布里恩 (Michael Breen) 的著作 *The Koreans* 裡面這樣說：

**[Koreans] prefer to take [visitors] to a Samsung Electronics plant than to an ancient temple.**
韓國人寧願帶訪客去看三星電子的工廠，也不會去古老的寺院。

對於韓國人來說很熟悉的寺廟，對其他國家的人來說也有可能是可以體驗韓國歷史文化的好地方，另外像很平常的泡菜，對其他國家的人來說也是極具新鮮感的異國飲食文化。

美國名校哈佛和耶魯，據說每年收到來自世界各國的入學申請書都會堆得像山一樣高，大部分申請者的 SAT 和 TOFEL 分數都很高，也畢業於各國的知名大學，不過哈佛和耶魯並不是用 excel 整理出申請者的分數和母校之後選取合格者。各位都知道，這些學校看的不只是考試分數或是特定的履歷，而是透過特別的論文和面試來選學生，因為他們想要的是有 diversity，也就是很多樣化的學生。西方文化就是如此尊重不同的意見、經驗、觀點、價值觀和背景。

現在許多企業也開始在人格能力面試中選拔有個性、有「故事」的人，這裡的故事並不是像歷史人物那樣偉大的故事，只要是人就會有故事，來面試的路上鞋子黏到口香糖也是故事。

我會再強調「故事」是有原因的，英語面試時應試者只要講出自己的故事，面試官就會豎起耳朵認真地投入，有時候還會因為太有趣而忘了自己是在面試。如果能傳達出自己的故事，就表示這個溝通是成功的，也就是說英語實力已經被肯定了，面試分數當然會高。

　　各位不必把所謂「自己的故事」想得太難，所以不要再背別人的答案，也不要把英語面試當成 iBT 考試了，要講自己的故事。只要能在英語面試的時候讓對方知道你是有個性又有獨特故事的人，這場面試就會成功。

國家圖書館出版品預行編目(CIP)資料

英語面試實戰準備工作書：Gotcha! 祕密與制勝策略 / 慶凱文
作；朱淯萱譯.
　-- 初版. -- 臺北市：貝塔, 2017. 02
　　面；　公分
　ISBN: 978-986-94176-0-0（平裝）

　1. 英語　　2. 會話　　3. 面試

805.188　　　　　　　　　　　　　　　　　105024224

# 英語面試實戰準備工作書
## Gotcha! 祕密與制勝策略

作　　者／慶凱文
譯　　者／朱淯萱
執行編輯／朱曉瑩

出　　版／貝塔出版有限公司
地　　址／台北市 100 中正區館前路 12 號 11 樓
電　　話／(02) 2314-2525
傳　　真／(02) 2312-3535
客服專線／(02) 2314-3535
客服信箱／btservice@betamedia.com.tw
郵　　撥／19493777 貝塔出版有限公司

總 經 銷／時報文化出版企業股份有限公司
地　　址／桃園市龜山區萬壽路二段 351 號
電　　話／(02) 2306-6842

出版日期／2017 年 2 月初版一刷
定　　價／360 元
I S B N／978-986-94176-0-0

7 Secrets and 7 Strategies to Acing English Interviews
Copyright © 2015, Kevin Kyung
Chinese complex characters translation rights © 2017 by Beta Multimedia Publishing
Chinese complex characters translation rights arranged with Darakwon Press through
Imprima Korea Agency, Korea & Pelican Media Agency Ltd., Taiwan
ALL RIGHTS RESERVED

貝塔網址：www.betamedia.com.tw

喚醒你的英文語感！

請對折後釘好，直接寄回即可！

**100 台北市中正區館前路12號11樓**

貝塔語言出版 收
Beta Multimedia Publishing

寄件者住址 □ □ □

貝塔語言出版
Beta Multimedia Publishing

讀者服務專線（02）2314-3535　　讀者服務傳真（02）2312-3535
客戶服務信箱　btservice@betamedia.com.tw
**www.betamedia.com.tw**

謝謝您購買本書！！

貝塔語言擁有最優良之英文學習書籍，為提供您最佳的英語學習資訊，您可填妥此表後寄回（免貼郵票）將可不定期收到本公司最新發行書訊及活動訊息！

姓名：_____　性別：□男 □女　生日：_____年_____月_____日

電話：(公)_____(宅)_____(手機)_____

電子信箱：_____

學歷：□高中職含以下 □專科 □大學 □研究所含以上

職業：□金融 □服務 □傳播 □製造 □資訊 □軍公教 □出版

□自由 □教育 □學生 □其他

職級：□企業負責人 □高階主管 □中階主管 □職員 □專業人士

1.您購買的書籍是？_____

2.您從何處得知本產品？(可複選)

□書店 □網路 □書展 □校園活動 □廣告信函 □他人推薦 □新聞報導 □其他

3.您覺得本產品價格：

□偏高 □合理 □偏低

4.請問目前您每週花了多少時間學英語？

□ 不到十分鐘 □ 十分鐘以上，但不到半小時 □ 半小時以上，但不到一小時

□ 一小時以上，但不到兩小時 □ 兩個小時以上 □ 不一定

5.通常在選擇語言學習書時，哪些因素是您會考慮的？

□ 封面 □ 內容、實用性 □ 品牌 □ 媒體、朋友推薦 □ 價格 □ 其他_____

6.市面上您最需要的語言書種類為？

□ 聽力 □ 閱讀 □ 文法 □ 口說 □ 寫作 □ 其他_____

7.通常您會透過何種方式選購語言學習書籍？

□ 書店門市 □ 網路書店 □ 郵購 □ 直接找出版社 □ 學校或公司團購

□ 其他_____

8.給我們的建議：_____

_____

# APPENDIX 1

## 讓回答變成最適合自己

# 想法整理工作表

想法整理
工作表
● 活用法 ●

## 請這樣使用想法整理工作表

　　本書重複過很多次，英語面試就是「對話」，事前預測的問題不可能全部都命中，而且若用背誦的答案來回答，讓面試官發現將影響分數。面對英語面試時，比起事先準備好的標準答案，能自信地講出具獨特性答案的瞬間反應力才是更重要的。

　　那該怎樣培養這種反應力呢？英語面試出現的問題都會跟個人有密切關係，而這種問題的種類是有限的，所以只要事先整理好跟個人和生活周遭相關的事物，讓題材變豐富，這樣反應就會變快，而準備的方法，就是完成這裡的想法整理工作表來當作回答的基本資料。

　　這裡提供的工作表從讀者自己、周邊人物、相關地點到嗜好興趣，一共分成十個主題類別。請依提示在表格中填入自己的故事，整理出對話的材料。填寫時可以自由挑選，不需要照著類別順序，也不需要把所有的空格都填滿。重要的是，空格裡不要寫完整的句子，只需寫下重點單字或語句即可，因為如果寫下了完整的句子，練習時就會一直在背句子。一時之間不知道該如何描述的話，可以參考表格下方的表達範例。只要詳細的填寫，在接下來實戰練習時就可以用這些資料來建構具個人化特色的答案。

2

　　跟日常生活相關的題目在面試中經常出現。請按照「何時、何處、為什麼、誰」這幾個項目來記錄從早上起床、吃三餐到就寢為止的日常生活相關用語。例如，這裡的 Who 如果是跟用餐有關，就可以填寫一起用餐或做菜的人。

| Daily life | When | Where | Why | Who |
|---|---|---|---|---|
| Waking up 起床 | Usually at 7 a.m. (on the weekdays) | home (live with parents) | have classes in the morning | |
| Breakfast 早餐 | 7:30 a.m. | home | Mom wants everyone to eat together | Eat with family (Mom prepares food) |
| Lunch 午餐 | | | | |
| Dinner 晚餐 | | | | |
| Going to bed 就寢 | | | | |

## ◆ SAMPLE EXPRESSIONS

usually at 7 a.m. 通常是早上七點
on the weekdays 平日
on the weekends 週末
too busy to 忙著～
eat at home 在家吃
eat alone 一個人吃
eat with 跟～吃

around 2 in the afternoon 大概下午兩點左右
the whole family eats together 全家一起吃
grab something to eat at 抓點東西在～吃
have classes in the morning 早上有課
don't have classes on 　～時沒課
my mother cooks 我母親做菜

　　英語面試常會問應試者喜歡什麼、原因為何？所以平時就要整理出自己為何喜歡某些事物的原因。盡量不要講那些大家都會喜歡的事，最好能找出屬於自己獨有的興趣或關心的事物。Who 可以是跟你一起做某件事的人，也可以是一開始介紹你做那件事的人；When 是開始有興趣或關心的時間點和時機，也可以是從事的時間；Why 是「喜歡的原因」，也可以是「開始的契機」。

| Favorites | When / What | Where | Why | Who |
|---|---|---|---|---|
| Season<br>季節 | winter | | I can go snowboarding | |
| Sports I play<br>喜歡從事的體育項目 | snowboarding | Jisan Resort (close to home) | going down the slope is exciting | go with friends 英秀 got me into it |
| Sports I watch<br>喜歡觀賞的體育項目 | | | | |
| TV show<br>電視節目 | | | | |
| Type of movie<br>電影類型 | | | | |
| Type of music<br>音樂類型 | | | | |
| Singer / Group<br>歌手／團體 | | | | |
| Type of book<br>書籍種類 | | | | |
| Writer<br>作家 | | | | |
| Food<br>飲食 | | | | |
| Best friend<br>好朋友 | | | | |

## ⊃ SAMPLE EXPRESSIONS

is my favorite ～是我最愛的～
got me into it ～讓我開始喜歡
I love 我真的很喜歡～
I'm really into 我真的很喜歡～
I like watching 我喜歡觀賞～
I took up 我開始～（運動／體育項目）
It's about 跟～有關
great storyline 很棒的故事情節
a plot twist 故事轉折
a happy ending 快樂結局
usually watch with 我通常跟～一起看
has great characters 有很棒的人物
I order it through 我是用～來訂
I've read everything by 我讀過所有～的作品
listen on my way to 我是在去～的路上聽
we've been friends since 我們從～時候開始就是朋友
go out to eat once / twice a 每～就出門去吃一／兩次
makes me feel 讓我覺得～
It's near 很靠近～
use my smartphone 用我的智慧型手機
I try to catch ... 我試著要看～

## 跟運動相關的用語

• 動詞用 play 來敘述的運動（主要是團體運動）

| | | |
|---|---|---|
| 棒球 baseball | 籃球 basketball | 網球 tennis |
| 足球 soccer | 排球 volleyball | 高爾夫 golf |
| 羽毛球 badminton | 撞球 pool | 電玩 game |
| 桌球 ping pong / table tennis | | |

• 動詞用 go 來敘述的運動（主要是個人運動）

| | | |
|---|---|---|
| 走路／散步 walking | 健行 hiking | 徒步旅行 trekking |
| 跑步 running | 慢跑 jogging | 游泳 swimming |
| 浮潛 snorkeling | 滑雪板 snowboarding | 溜冰 skating |
| 滑雪 skiing | 保齡球 bowling | 釣魚 fishing |
| 高爾夫 golfing | 滑水 jet skiing | 運動 workout |
| 縱列式滑冰 in-line skating | | |

## 與音樂相關的用語

| | | |
|---|---|---|
| 歌手 singer | 樂團 band | 團體 group |

二重奏　duo
作曲家　composer
主唱　lead vocal
鼓手　drummer
創作歌手　signer-songwriter

三人組　trio
男團　boy band
吉他手　guitarist
鍵盤手　keyboardist

四重奏　quartet
女團　girl group
貝斯手　bassist
和聲　backup singers

## 與電影相關的用語

戲劇　drama
驚悚　thriller
浪漫　romance
災難　disaster
音樂劇　musical
獨立電影　indie film
科幻　science fiction / sci-fi

動作　action
歷史劇　period film
喜劇　comedy
超級英雄　super hero
藝術片　art film
短片　short film

冒險　adventure
古典　classic
恐怖　horror
戰爭　war
武術　martial arts
幻想　fantasy

## 與書籍相關的用語

小說　fiction
短篇小說　short story
傳記　biography
投資　investment
電子書　e-book
藝術　art
青少年　young adult / juvenile

詩　poetry
非小說類　nonfiction
自傳　autobiography
宗教　religious
隨筆／散文　essay
兒童的　children's

長篇小說　novel
自我開發　self-help
心理學　psychology
指南　how-to
選集　collection

## 與味道相關的用語

清淡的　bland
甜的　sweet
油膩的　greasy
濃厚的　rich / strong
有嚼勁的　chewy

鹹的　salty
酸的　sour
溫和的　mild
酥脆的　crispy
多汁的　juicy

辣的　spicy / hot
苦的　bitter
奶狀的　creamy
鬆脆的　crunchy

雖然面試時較少出現問應試者不喜歡什麼的問題，不過既然講到了喜歡的東西，把不喜歡的一起先想好也不錯。就像 **Strategy 6** 中提過的，要注意別用到 hate 這個過於直接的單字。

| Least Favorites | When / What | Where | Why | Who |
|---|---|---|---|---|
| Season<br>季節 | summer | | I sweat too much & can't sleep | |
| Sports<br>運動 | badminton | badminton court in apartment complex | Can't hit the shuttlecock | Dad always makes me play with him |
| TV show<br>電視節目 | | | | |
| Type of movie<br>電影類型 | | | | |
| Type of music<br>音樂類型 | | | | |
| Singer / Group<br>歌手／團體 | | | | |
| Type of book<br>書籍種類 | | | | |
| Food<br>飲食 | | | | |

**⊙ SAMPLE EXPRESSIONS**

I'm not really into　我不是真的很喜歡～
I'm not all that crazy about　我不是真的很愛～
is too　～太～了

請參考〈主題 2：喜歡的事物〉裡出現的用語

## ☉ SAMPLE EXPRESSIONS

large / small city  大／小都市
capital of  ～的首都
a lot of traffic  交通很繁忙
not much traffic  交通不繁忙
is in  在～
has a lot of  有很多～
in the mountains  在山裡面
a lot of pollution  有很多污染
clean air  空氣清新
is near  很靠近
a seaside / tourist town  海邊／觀光城市
farm town  農村
fishing village  漁村
industrial town  工業重鎮
historical sites  歷史景點
temples  寺廟
is well-known for  以～出名
my family move to  我們家搬去～
I was born in  我是出生於～
I grew up in  我是在～長大
I was born and raised in  我是在～出生長大（土生土長）
in a business / residential area  在商業／住宅區
the neighborhood is safe [quiet / noisy]  周圍環境很安全〔安靜／吵雜〕

　　如果目前居住的地方不是你的故鄉，最好先想好兩地的相同和相異點，跟〈主題 5：住的地方〉一樣，試著寫出自己所想、所感受到的地區特徵。

| Where I Was Born | | 說明 |
|---|---|---|
| Province / City or town<br>省 / 都市 / 城鎮 | | Anseong (Gyenggi province) |
| Location<br>位置 | 大都市／小都市／海邊／山／島／其他特徵／主要產業 | -small town (officially a city)<br>-farm land<br>-next to Pyeongtaek & Cheonan (Chungnam province) / famous for having many artisans called "City of Masters")<br>-farming, industrial (factories) |
| Scenery and landscape / Modern landmarks<br>風景／現代地標 | | |
| Historical significance / landmarks<br>歷史意義／地標 | | |
| Popular festivals<br>受歡迎的慶典 | | |
| Regional food<br>當地飲食 | | |
| Traffic<br>交通 | | |
| Entertainment and leisure facilities<br>娛樂活動與設施 | | |
| Neighborhood<br>周圍環境 | 公害水準<br>安全水準<br>噪音水準 | |

## ◗ SAMPLE EXPRESSIONS

　　請參考〈主題 5：住的地方〉中補充的用語。

**Tell me about your personality.**
請說說看自己的個性。

● 自我評分表

| 項目 | | 第一次 | 第二次 | 第三次 |
|---|---|---|---|---|
| 第一個或第二個句子有答出核心重點 | | | | |
| 有用 SELL 來提出根據<br>（標出每個類型的分數） | Story（講故事） | | | |
| | Example（舉例） | | | |
| | List（列舉清單） | | | |
| | Linking（連接詞） | | | |
| 沒有脫離主題 | | | | |
| 整體上來說有答出適當的答案 | | | | |
| 〔第二次／第三次回答〕有作出改善 | | | | |
| 分數合計 | | | | |

● 需要改善的部分

| 第一次 | |
|---|---|
| 第二次 | |
| 第三次 | |

## 問題 2  Why is the sky blue?

天空為什麼是藍的？

● 自我評分表

| 項目 | | 第一次 | 第二次 | 第三次 |
|---|---|---|---|---|
| 第一個或第二個句子有答出核心重點 | | | | |
| 有用 SELL 來提出根據<br>（標出每個類型的分數） | Story（講故事） | | | |
| | Example（舉例） | | | |
| | List（列舉清單） | | | |
| | Linking（連接詞） | | | |
| 沒有脫離主題 | | | | |
| 整體上來說有答出適當的答案 | | | | |
| 〔第二次／第三次回答〕有作出改善 | | | | |
| 分數合計 | | | | |

● 需要改善的部分

| 第一次 | |
|---|---|
| 第二次 | |
| 第三次 | |

## 問題 3 What sport are you into?

你喜歡什麼運動？

● 自我評分表

| 項目 | | 第一次 | 第二次 | 第三次 |
|---|---|---|---|---|
| 第一個或第二個句子有答出核心重點 | | | | |
| 有用 SELL 來提出根據<br>（標出每個類型的分數） | Story（講故事） | | | |
| | Example（舉例） | | | |
| | List（列舉清單） | | | |
| | Linking（連接詞） | | | |
| 沒有脫離主題 | | | | |
| 整體上來說有答出適當的答案 | | | | |
| 〔第二次／第三次回答〕有作出改善 | | | | |
| 分數合計 | | | | |

● 需要改善的部分

| 第一次 | |
|---|---|
| 第二次 | |
| 第三次 | |

## 問題4 Tell me about a memorable trip you took.

講講看你印象深刻的一次旅行。

● 自我評分表

| 項目 | | 第一次 | 第二次 | 第三次 |
|---|---|---|---|---|
| 第一個或第二個句子有答出核心重點 | | | | |
| 有用 SELL 來提出根據<br>（標出每個類型的分數） | Story（講故事） | | | |
| | Example（舉例） | | | |
| | List（列舉清單） | | | |
| | Linking（連接詞） | | | |
| 沒有脫離主題 | | | | |
| 整體上來說有答出適當的答案 | | | | |
| 〔第二次／第三次回答〕有作出改善 | | | | |
| 分數合計 | | | | |

● 需要改善的部分

| 第一次 | |
|---|---|
| 第二次 | |
| 第三次 | |

23

與前面相同，練習在第一個句子就講出核心內容，然後用 SELL 來舉出根據，同時訓練將優點誇張，將缺點縮小。

### 訓練 A　誇大喜歡的事物

訓練方法　① 從想法整理工作表的〈主題 02：喜歡的事物〉中挑出感興趣或關心的事物。

② 開始錄音。

③ 在問題的空格裡填上從〈想法整理工作表〉中挑出的單字，大聲說出來。

④ 在 5 秒之內開始回答，回答時間必須超過 20 秒，並在 60 秒之內結束。

⑤ 邊聽錄音，邊在評分表的第一次欄位裡填入 1~3 分。
（1 = poor, 2 = average, 3 = good）

⑥ 寫下第一次回答需要改善的部分。

⑦ 用同樣的程序回答同一個問題，記下第二次跟第三次的分數。

**What is your favorite** _____ **?**

你最喜歡的 _____ 是什麼？

● 自我評分表

| 項目 | 第一次 | 第二次 | 第三次 |
|---|---|---|---|
| 第一個或第二個句子有答出核心重點 | | | |
| 用 I love ..., I'm really into ..., great 等用語來強調喜歡的點 | | | |
| 有用 SELL 來提出根據 | | | |
| 沒有脫離主題 | | | |
| 整體上來說有答出適當的答案 | | | |
| 〔第二次／第三次回答〕有作出改善 | | | |
| 分數合計 | | | |

● 需要改善的部分

| | |
|---|---|
| 第一次 | |
| 第二次 | |
| 第三次 | |

| 訓練 B | 縮小不喜歡的事物 |

訓練方法 　① 從想法整理工作表的〈主題 03：不喜歡的事物〉中挑出感興趣或
　　　　　　關心的事物。
　② 開始錄音。
　③ 在問題的空格裡填上〈想法整理工作表〉挑出的單字，大聲說出來。
　④ 在 5 秒內開始回答，回答時間須超過 20 秒，並在 60 秒內結束。
　⑤ 邊聽錄音，邊在評分表的第一次欄位裡填入 1~3 分。
　　（1 = poor, 2 = average, 3 = good）
　⑥ 寫下第一次回答需要改善的部分。
　⑦ 用同樣的程序回答同一個問題，記下第二次跟第三次的分數。

## 問題 What is your least favorite ＿＿＿＿＿?
你最不喜歡的 ＿＿＿ 是什麼？

● 自我評分表

| 項目 | 第一次 | 第二次 | 第三次 |
|---|---|---|---|
| 第一個或第二個句子有答出核心重點 | | | |
| 用 I'm not really into ..., I'm not a great fan of ... 等用語來減少負面的感覺 | | | |
| 有用 SELL 來提出根據 | | | |
| 沒有脫離主題 | | | |
| 整體上來說有答出適當的答案 | | | |
| 〔第二次／第三次回答〕有作出改善 | | | |
| 分數合計 | | | |

● 需要改善的部分

| 第一次 | |
|---|---|
| 第二次 | |
| 第三次 | |

要求確認問題可以讓面試變得更像對話，也是正確掌握問題的好方法。沒有聽清楚問題或是不確定問題內容的時候不要亂想，直接問就對了。

**訓練 A**　要求確認問題的造句練習

**問題** **What is your mantra?**　請說說看你的真言。

請按照本書 **Strategy 3** 中提過的五種確認問題方式來造句。

① 要求確認：聽完問題但覺得自己不是 100% 理解的時候，就換上知道的單字來確認自己的理解是否正確。請用英文寫出「你是問我的座右銘 (motto) 嗎？」這個句子。

_____?

② 要求定義：問題中有不懂的單字時就用這個方法來問。假設你不知道 mantra 的意思，可用不同的句子來請對方告訴你 mantra 是什麼意思。

_____?

③ 要求舉例：當不了解單字意思的時候，就請對方舉個相關的例子，這樣可以更了解問題要問的內容。請用英文寫出「可以舉一個 mantra 的例子嗎？」這個句子。

_____?

④ 請對方重複問題：沒有聽清楚問題的時候，比起隨便回答，最好是拜託對方更確實的再說一次問題。請用英文寫出「不好意思，我沒有聽清楚，可以請你再說一次嗎？」這個句子。

_____?

⑤ 要求換一種說法：當一個問題聽兩次還是不懂的時候，就請對方用不同的方式再說一遍。請用英文寫出「可以請你換一種方式說嗎？」這個句子。

_____?

＊訓練 A 的參考答案請參考下一頁

## 訓練 B　　講出要求確認的問題

　　這次不要用寫的，試著直接用說的來請對方確認下列問題。請先大聲說出下面的問題，然後用訓練 A 中練習過的要求確認句型提出適當的要求。

**Tell me about your best friend.**
請說說看你最好的朋友。

**Have you ever been to North America?**
你有去過北美嗎？

**What is your favorite brand of chocolate?**
你最喜歡的巧克力品牌是？

**Tell me about your childhood.**
請說說看你的童年。

**Do you like classical music?**
你喜歡古典樂嗎？

【訓練 A 的參考答案】

1. Do you mean my motto?
2. Sorry, I'm not sure what 'mantra' means. ／Could you tell me what 'mantra' means?／
   What is 'mantra'?
3. Could you give me an example of 'mantra'?
4. Sorry, I didn't catch that. Could you repeat that?
5. Could you rephrase that? ／Could you say that in a different way?

接著要訓練各位表達出自己的獨特性。請先以問到個性的基本問題開始練習，並試著用可以定義自己的形容詞來回答。

## 訓練 A　講出自己的個性

訓練方法　① 開始錄音。

② 大聲念出問題。

③ What makes you unique?（你有什麼特別的地方？）

④ 在 5 秒內開始回答，回答時間須超過 20 秒，並在 60 秒之內結束。

⑤ 邊聽錄音，邊在評分表的第一次欄位裡填入 1~3 分。
　（1 = poor, 2 = average, 3 = good）

⑥ 寫下第一次回答需要改善的部分。

⑦ 用同樣的程序回答同一個問題，記下第二次跟第三次的分數。

**What makes you unique?**
你有什麼特別的地方？

● 自我評分表

| 項目 | 第一次 | 第二次 | 第三次 |
|---|---|---|---|
| 第一個或第二個句子有答出核心重點 | | | |
| 有確實提出自己特別的地方 | | | |
| 有用 SELL 來提出根據 | | | |
| 沒有脫離主題 | | | |
| 整體上來說有答出適當的答案 | | | |
| 〔第二次／第三次回答〕有作出改善 | | | |
| 分數合計 | | | |

● 需要改善的部分

| | |
|---|---|
| 第一次 | |
| 第二次 | |
| 第三次 | |

30

**訓練 B**　　用形容詞來定義自己的個性

訓練方法　① 想出兩個可以定義自己的形容詞。

② 開始錄音。

③ 大聲念出問題。What adjectives best describe you?（怎樣的形容詞最能定義你？）

④ 在 5 秒內開始回答，回答時間須超過 20 秒，並在 60 秒之內結束。

⑤ 邊聽錄音，邊在評分表的第一次欄位裡填入 1~3 分。
（1 = poor, 2 = average, 3 = good）

⑥ 寫下第一次回答需要改善的部分。

⑦ 用同樣的程序回答同一個問題，記下第二次跟第三次的分數。

---

**問題　What adjectives best describe you?**
怎樣的形容詞最能定義你？

● 自我評分表

| 項目 | 第一次 | 第二次 | 第三次 |
|---|---|---|---|
| 第一個或第二個句子有答出核心重點 | | | |
| 提出兩個形容詞 | | | |
| 有用 SELL 來提出根據 | | | |
| 沒有脫離主題 | | | |
| 整體上來說有答出適當的答案 | | | |
| 〔第二次／第三次回答〕有作出改善 | | | |
| 分數合計 | | | |

● 需要改善的部分

| | |
|---|---|
| 第一次 | |
| 第二次 | |
| 第三次 | |

　　這個訓練的核心是要確認自己有哪些 **Strategy 5** 裡面提到的「壞習慣」，然後將它們盡量改善。通常英語面試開始的時候會因為緊張而無意識的讓壞習慣出現，所以必須不斷的反覆練習直到這些壞習慣完全根除為止。

## 訓練 A　練習拋棄不好的習慣

訓練方法
① 開始錄音。

② 大聲念出問題。

③ 在 5 秒內開始回答，回答時間須超過 20 秒，並在 60 秒之內結束。

④ 邊聽錄音，邊在評分表的第一次欄位裡填入 1~3 分。

　（1 = poor, 2 = average, 3 = good）

⑤ 寫下第一次回答需要改善的部分。

⑥ 用同樣的程序回答同一個問題，記下第二次跟第三次的分數。

## 問題 1 Tell me about a time you were really happy.

請說說看你真的很開心的一次經驗。

● 自我評分表

| | 項目 | 第一次 | 第二次 | 第三次 |
|---|---|---|---|---|
| 1 | 第一個或第二個句子有答出核心重點 | | | |
| 2 | 有用 SELL 來提出根據 | | | |
| 3 | 沒有重複問題 | | | |
| 4 | 沒有介紹答案 | | | |
| 5 | 有用 SELL 來提出根據 | | | |
| 6 | 沒有脫離主題 | | | |
| 7 | 整體上來說有答出適當的答案 | | | |
| 8 | 結尾的時候沒有重複開始時講過的句子 | | | |
| 9 | 沒有推薦或斷言 | | | |
| 10 | 〔第二次／第三次回答〕有作出改善 | | | |
| | 分數合計 | | | |

● 需要改善的部分

| | |
|---|---|
| 第一次 | |
| 第二次 | |
| 第三次 | |

## 問題 2 Tell me about your city or town.
請介紹一下你的城市或城鎮。

● 自我評分表

| | 項目 | 第一次 | 第二次 | 第三次 |
|---|---|---|---|---|
| 1 | 第一個或第二個句子有答出核心重點 | | | |
| 2 | 有用 SELL 來提出根據 | | | |
| 3 | 沒有重複問題 | | | |
| 4 | 沒有介紹答案 | | | |
| 5 | 有用 SELL 來提出根據 | | | |
| 6 | 沒有脫離主題 | | | |
| 7 | 整體上來說有答出適當的答案 | | | |
| 8 | 結尾的時候沒有重複開始時講過的句子 | | | |
| 9 | 沒有推薦或斷言 | | | |
| 10 | 〔第二次／第三次回答〕有作出改善 | | | |
| | 分數合計 | | | |

● 需要改善的部分

| | |
|---|---|
| 第一次 | |
| 第二次 | |
| 第三次 | |

34

## 問題 3 What are your short-term goals?
你有些什麼短期目標？

● 自我評分表

| | 項目 | 第一次 | 第二次 | 第三次 |
|---|---|---|---|---|
| 1 | 第一個或第二個句子有答出核心重點 | | | |
| 2 | 有用 SELL 來提出根據 | | | |
| 3 | 沒有重複問題 | | | |
| 4 | 沒有介紹答案 | | | |
| 5 | 有用 SELL 來提出根據 | | | |
| 6 | 沒有脫離主題 | | | |
| 7 | 整體上來說有答出適當的答案 | | | |
| 8 | 結尾的時候沒有重複開始時講過的句子 | | | |
| 9 | 沒有推薦或斷言 | | | |
| 10 | 〔第二次／第三次回答〕有作出改善 | | | |
| | 分數合計 | | | |

● 需要改善的部分

| | |
|---|---|
| 第一次 | |
| 第二次 | |
| 第三次 | |

## 問題 4 How do you release stress?

你都怎樣消除壓力？

● 自我評分表

| | 項目 | 第一次 | 第二次 | 第三次 |
|---|---|---|---|---|
| 1 | 第一個或第二個句子有答出核心重點 | | | |
| 2 | 有用 SELL 來提出根據 | | | |
| 3 | 沒有重複問題 | | | |
| 4 | 沒有介紹答案 | | | |
| 5 | 有用 SELL 來提出根據 | | | |
| 6 | 沒有脫離主題 | | | |
| 7 | 整體上來說有答出適當的答案 | | | |
| 8 | 結尾的時候沒有重複開始時講過的句子 | | | |
| 9 | 沒有推薦或斷言 | | | |
| 10 | 〔第二次／第三次回答〕有作出改善 | | | |
| | 分數合計 | | | |

● 需要改善的部分

| 第一次 | |
|---|---|
| 第二次 | |
| 第三次 | |

這個訓練是要讓各位熟悉使用基本且文法正確的句子來解釋單字，最好也能習慣使用縮寫和較中立的單字。

## 訓練 A　解釋單字

試著用英語來解釋下列的單字。即使各位知道這些單字的正確名稱，也請試著用直譯和解釋的方式來說明。這個訓練最重要的是能夠毫不猶豫的直接說出來。

① 手推車 _____

② 自動門 _____

③ 無所不在的 _____

④ 地球儀 _____

⑤ 尿布 _____

⑥ 運動服 _____

⑦ 超速罰單 _____

除了這些之外，平常看到一般事物或是想到什麼單字的時候，也請馬上記下來然後練習用英語解釋。

【訓練 A 的單字】

| | | |
|---|---|---|
| 手推車 handcart | 自動門 automatic door | 無所不在的 ubiquitous |
| 地球儀 globe | 尿布 diapers | 超速罰單 speeding ticket |
| 運動服 sweat suit / gym suit / jogging suit | | |

**訓練 B** 使用正確的文法

訓練方法　① 開始錄音。

② 大聲念出問題。

③ 在 5 秒內開始回答，回答時間須超過 20 秒，並在 60 秒之內結束。

④ 邊聽錄音，邊在評分表的第一次欄位裡填入 1~3 分。

（1 = poor, 2 = average, 3 = good）

⑤ 寫下第一次回答需要改善的部分。

⑥ 另外記下自己不確定的表達方式然後上網確認。

⑦ 用同樣的程序回答同一個問題，記下第二次跟第三次的分數。

**What do you do for fun?**

你喜歡做怎樣的消遣？

● 自我評分表

| | 項目 | 第一次 | 第二次 | 第三次 |
|---|---|---|---|---|
| 1 | 第一個或第二個句子有答出核心重點 | | | |
| 2 | 有用 SELL 來提出根據 | | | |
| 3 | 講話沒有中斷也沒有猶豫 | | | |
| 4 | 使用了簡單的單字和句子 | | | |
| 5 | 使用了 I'm, I'll 這些縮寫 | | | |
| 6 | 使用了中立的表現方式（如果有的話） | | | |
| 7 | 主詞／動詞一致 | | | |
| 8 | 代名詞一致 | | | |
| 9 | 使用了適當的時態 | | | |
| 10 | 沒有搞錯名詞和形容詞 | | | |
| 11 | 〔第二次／第三次回答〕有作出改善 | | | |
| 分數合計 | | | | |

● 需要改善的部分

| | |
|---|---|
| 第一次 | |
| 第二次 | |
| 第三次 | |

## 問題2 Tell me about your school campus.

請敘述一下你的大學校園。

● 自我評分表

| | 項目 | 第一次 | 第二次 | 第三次 |
|---|---|---|---|---|
| 1 | 第一個或第二個句子有答出核心重點 | | | |
| 2 | 有用 SELL 來提出根據 | | | |
| 3 | 講話沒有中斷也沒有猶豫 | | | |
| 4 | 使用了簡單的單字和句子 | | | |
| 5 | 使用了 I'm, I'll 這些縮寫 | | | |
| 6 | 使用了中立的表現方式（如果有的話） | | | |
| 7 | 主詞／動詞一致 | | | |
| 8 | 代名詞一致 | | | |
| 9 | 使用了適當的時態 | | | |
| 10 | 沒有搞錯名詞和形容詞 | | | |
| 11 | 〔第二次／第三次回答〕有作出改善 | | | |
| | 分數合計 | | | |

● 需要改善的部分

| | |
|---|---|
| 第一次 | |
| 第二次 | |
| 第三次 | |

## 問題 3 What are your long-term goals?

你的長期目標是什麼？

● 自我評分表

| | 項目 | 第一次 | 第二次 | 第三次 |
|---|---|---|---|---|
| 1 | 第一個或第二個句子有答出核心重點 | | | |
| 2 | 有用 SELL 來提出根據 | | | |
| 3 | 講話沒有中斷也沒有猶豫 | | | |
| 4 | 使用了簡單的單字和句子 | | | |
| 5 | 使用了 I'm, I'll 這些縮寫 | | | |
| 6 | 使用了中立的表現方式（如果有的話） | | | |
| 7 | 主詞／動詞一致 | | | |
| 8 | 代名詞一致 | | | |
| 9 | 使用了適當的時態 | | | |
| 10 | 沒有搞錯名詞和形容詞 | | | |
| 11 | 〔第二次／第三次回答〕有作出改善 | | | |
| | 分數合計 | | | |

● 需要改善的部分

| 第一次 | |
|---|---|
| 第二次 | |
| 第三次 | |

**Describe an orange.**

請試著形容橘子。

● 自我評分表

| | 項目 | 第一次 | 第二次 | 第三次 |
|---|---|---|---|---|
| 1 | 第一個或第二個句子有答出核心重點 | | | |
| 2 | 有用 SELL 來提出根據 | | | |
| 3 | 講話沒有中斷也沒有猶豫 | | | |
| 4 | 使用了簡單的單字和句子 | | | |
| 5 | 使用了 I'm, I'll 這些縮寫 | | | |
| 6 | 使用了中立的表現方式（如果有的話） | | | |
| 7 | 主詞／動詞一致 | | | |
| 8 | 代名詞一致 | | | |
| 9 | 使用了適當的時態 | | | |
| 10 | 沒有搞錯名詞和形容詞 | | | |
| 11 | 〔第二次／第三次回答〕有作出改善 | | | |
| | 分數合計 | | | |

● 需要改善的部分

| 第一次 | |
|---|---|
| 第二次 | |
| 第三次 | |

## 策略 07　活用聲調及肢體語言

　　這個訓練是把焦點放在觀察視覺要素，要能改掉妨礙對方理解的發音以及因為焦躁而不自覺出現的不必要動作或聲音。請記得維持開朗的表情與自然的姿勢，同時訓練用熱情的聲音來作答。這個訓練請一定要用錄影來進行。

### 訓練 A　練習發聲以及肢體語言

訓練方法
① 使用智慧型手機的錄影功能或是攝影機來錄影。
② 坐在面向攝影機的椅子上開始回答。
③ 大聲念出問題。
④ 在 5 秒之內開始回答，錄下約 20~60 秒的內容。
　（1 = poor, 2 = average, 3 = good）
⑤ 看著錄下的影像，寫下第一次回答需要改善的部分。
⑥ 依同樣的程序回答同一個問題，記下第二次跟第三次的分數。

## 問題 1 Who is your favorite author?

你最喜歡的作家是誰？

● 自我評分表

| | 項目 | 第一次 | 第二次 | 第三次 |
|---|---|---|---|---|
| 1 | 第一個或第二個句子有答出核心重點 | | | |
| 2 | 有用 SELL 來提出根據 | | | |
| 3 | 沒有出現顯露焦躁的動作 | | | |
| 4 | 沒有出現習慣性發出的聲音 | | | |
| 5 | 維持了開朗的表情和微笑 | | | |
| 6 | 有一直看著攝影機 | | | |
| 7 | 眼睛沒有轉向一邊 | | | |
| 8 | 聲音中有帶著熱情 | | | |
| 9 | 沒有出現常見的發音錯誤 | | | |
| 10 | 〔第二次／第三次回答〕有作出改善 | | | |
| | 分數合計 | | | |

● 需要改善的部分

| | |
|---|---|
| 第一次 | |
| 第二次 | |
| 第三次 | |

## 問題 2 Describe a typical day in your life.

請描述你很平常的一天。

● 自我評分表

| | 項目 | 第一次 | 第二次 | 第三次 |
|---|---|---|---|---|
| 1 | 第一個或第二個句子有答出核心重點 | | | |
| 2 | 有用 SELL 來提出根據 | | | |
| 3 | 沒有出現顯露焦躁的動作 | | | |
| 4 | 沒有出現習慣性發出的聲音 | | | |
| 5 | 維持了開朗的表情和微笑 | | | |
| 6 | 有一直看著攝影機 | | | |
| 7 | 眼睛沒有轉向一邊 | | | |
| 8 | 聲音中有帶著熱情 | | | |
| 9 | 沒有出現常見的發音錯誤 | | | |
| 10 | 〔第二次／第三次回答〕有作出改善 | | | |
| | 分數合計 | | | |

● 需要改善的部分

| | |
|---|---|
| 第一次 | |
| 第二次 | |
| 第三次 | |

45

**問題3** **Describe your cell phone.**
請描述一下你的手機。

● 自我評分表

| | 項目 | 第一次 | 第二次 | 第三次 |
|---|---|---|---|---|
| 1 | 第一個或第二個句子有答出核心重點 | | | |
| 2 | 有用 SELL 來提出根據 | | | |
| 3 | 沒有出現顯露焦躁的動作 | | | |
| 4 | 沒有出現習慣性發出的聲音 | | | |
| 5 | 維持了開朗的表情和微笑 | | | |
| 6 | 有一直看著攝影機 | | | |
| 7 | 眼睛沒有轉向一邊 | | | |
| 8 | 聲音中有帶著熱情 | | | |
| 9 | 沒有出現常見的發音錯誤 | | | |
| 10 | 〔第二次／第三次回答〕有作出改善 | | | |
| | 分數合計 | | | |

● 需要改善的部分

| | |
|---|---|
| 第一次 | |
| 第二次 | |
| 第三次 | |

46

## 問題4 If you won a million dollars, what would you do with it?

如果你贏了一百萬美金，你會用這些錢來做什麼？

● 自我評分表

|  | 項目 | 第一次 | 第二次 | 第三次 |
|---|---|---|---|---|
| 1 | 第一個或第二個句子有答出核心重點 | | | |
| 2 | 有用 SELL 來提出根據 | | | |
| 3 | 沒有出現顯露焦躁的動作 | | | |
| 4 | 沒有出現習慣性發出的聲音 | | | |
| 5 | 維持了開朗的表情和微笑 | | | |
| 6 | 有一直看著攝影機 | | | |
| 7 | 眼睛沒有轉向一邊 | | | |
| 8 | 聲音中有帶著熱情 | | | |
| 9 | 沒有出現常見的發音錯誤 | | | |
| 10 | 〔第二次／第三次回答〕有作出改善 | | | |
| | 分數合計 | | | |

● 需要改善的部分

| 第一次 | |
|---|---|
| 第二次 | |
| 第三次 | |